Return

重返　心　的縫隙

蔡柏璋　著

目 次

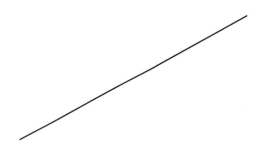

TAINANER ENSEMBLE

⇆

演員及工作人員名單

製作人 / 李維睦、呂柏伸
藝術總監 / 呂柏伸、蔡柏璋
編導 / 蔡柏璋
舞台設計 / 劉達倫
燈光設計 / 魏立婷
燈光設計指導 / Jack
服裝設計 / 李育昇
音樂設計 / 羅恩妮
音效設計 / 尹皓
動作設計 / 張文易
演員 / 謝盈萱、王安琪、呂曼茵、李劭婕、李易修、隆宸翰、蔡柏璋
　　　 張家禎、呂名堯、邱俊儒、張文易、洪唯堯、陳群翰
演唱 / 蔡柏璋
鋼琴伴奏 / 羅恩妮

舞台監督 / 林岱蓉
助理導演 / 廖若涵
助理舞監 / 簡琬玲
技術總監 / 李維睦
燈光技術統籌 / 黃國鋒
音響技術統籌 / 蔡以淳
舞台設計助理 / 李宜蒨
舞台製作 / 李維企業社
服裝管理 / 張藝宗

髮妝造型設計／鄭泰忠
小道具管理／謝青鈺

製作經理／鍾 翰
行銷宣傳／陳盈潔、白斐嵐、黃心怡
票務會計／紀美玲
宣傳照攝影／王漢順
主視覺設計／黃子源 @ HEARTY

本製作首演為 2011 年「誠品春季舞台」委託創作

≒

推薦序　聞天祥

8

說出來的‧秘密

蔡柏璋天生就該當創作者的。因為他很容易「像被投了一顆震撼彈般，久久不能自己」。

這個觀察並非來自我跟他的往來。在台下我們只正式見過一次。而是從他的講話、文字到作品，你總能不斷看到這種大爆發：留學、租房子、旅行、逛街、搭火車、甚至上個廁所……，芝麻綠豆就可點燃他的引信。而且他的轉述（化）能力異常生動，總能讓你身歷其境卻又安全無虞，不由得成了他的讀者或觀眾。我也沒倖免。

很快，應該說非常快！蔡柏璋就成為戲劇界的天之驕子。尤其 2011 年，音樂劇《木蘭少女》與建國百年版《K24》的盛大重演，以及新作《Re/turn》成為林奕華《包法利夫人們—名媛的美麗與哀愁》和王嘉明《膚色的時光》後誠品春季舞台第三號作品，熠熠耀眼的程度簡直令人崇拜生妒。真的不誇張，我和金馬執委會一干同仁在精疲力盡後舒壓解氣的方法就是直殺台南看它六小時《K24》（當然嘗美食和逛老屋亦具備療效）。我倒不想揠苗助長地把經典桂冠輕易放到他頭上。講這句話時老氣橫秋的程度，也招認了我早已步入大叔之年。而蔡柏璋對我的魔力，其實有點接近返老還童的。

在我生長的那個把藝術當作奢侈品的年代裡，年幼僅有的觀劇經驗是一次月考後獲得老師帶去國立藝術館看《海王星歷險記》的犒賞。當時難以想像為什麼台北市的學校會有這麼華麗的服裝道具去演這麼奇幻的故事，不像我們只能在生活與倫理課用美其名集體加即興的方式（其實就是我用

嘴巴把劇情說一遍然後大家幫自己加台詞練個兩三次）演出中心德目（不外乎合作、孝悌之類的教條），但我們老是把前幾天在「綜藝一百」看的短劇橋段和嗯爛的笑話串在一塊，有次還因為把體罰演得太過逼真而被老師找去澄清教誨一番。在建中念高一的時候更絕！歷史老師覺得課本跟國中版差不多，沒什麼好多說的，乾脆教我們分組用各種形式去表現感興趣的題目，報告和演戲都是選項，不知從哪一週開始，一齣有著青樓老鴇妓女恩怨的戲出現後（沒錯，都由紅樓裡清一色男生演出，但沒有白雪綜藝團的風情萬種，而比較接近鐵獅玉玲瓏），演戲就成了歷史課的常態，而且每齣戲都一定要有烟花賣笑的梗以解青春期男生的飢渴苦悶，但某些突如其來的魔幻時刻也讓大夥笑彎腰之外偶爾有點莫名悸動，後來「聲名」遠播到美國學校想來觀摩這堂另類歷史課，我們也一度試著正經地（？！）演演莎士比亞《仲夏夜之夢》濃縮版，結果難看到決定以後還是把怪力亂神和指桑罵槐雜揉成戲。

　　你知道嗎？當我看到《木蘭少女》未婚懷孕的花大姊和 gay 味十足的花小弟「害」得花木蘭只好代父從軍，卻又在當兵洗澡彎腰撿肥皂時迷倒大將軍；或是《K24》把電視影集情境喜劇與諜報片的類型趣味拿來灌溉《羅密歐與茱麗葉》；我真想有個像《Re/turn》裡面的門把，轉動它回到過去，召喚我國小、高中的同學們：喂！有個叫蔡柏璋的，比我們屌多了！人家有穿越時空、有歌舞動作，可以一人分飾多角，還能把圓形舞台轉得跟謎團一樣教人暈眩，而且燈沒暗、幕沒降，轉身就能教婚禮變成告別式。更酷的是他不只旁徵博引、插科打諢，而是文本再多再雜，從沒忘記劇場才有的場面調度趣味（部分要歸功台南人劇團的呂柏伸導演），遑論他在編導之外還唱作俱佳的能力。

有時我會擔心太聰明的人或作品，所幸他的情真意也切。無論是親子之間的互虐與修補，愛人與被愛的矛盾，過去與現在、現在與未來的差異，他總能道中一些你我心底事。我不曉得這些體悟是否都在人家幫他吹頭髮的時候泉湧而出？只知道無論再甜美或酸楚的情節，他的戲劇總有一股振奮神經的幽默感包覆其中；卻也在剪不斷理還亂的狂驟之後，企圖給予更多的包容和可能。未完待續，好像也成了一種看他戲的默契（代觀眾跟蔡柏璋呼籲：我們已經等《Q&A二部曲》很久了）。

　　2011 年看完《Re/turn》出來，被誠品的工作人員一把抓住錄感言，被嚇到的我僅能擠出的幾句話恐怕只洩漏出比蔡柏璋更膽小平凡又不喜交遊的本性，還忘了讚美謝盈萱掙破《包法利夫人們—名媛的美麗與哀愁 》卓越成績的精彩演技。沒想到幾句囧語又被劇團拿來引用。原本想以這篇文字講個清楚（或裝模作樣一番），看看也許適得其反（自暴其短）。算了，為了台南人劇團或蔡柏璋，值得啦！

⇆

角色人物

白若唯（謝盈萱飾演）
簡嫚菁（王安琪飾演）
雷奕梵（李劭婕飾演）
湯境澤（李易修飾演）
蒲琮文（隆宸翰飾演）
白襄蘭（呂曼茵飾演）
Wasir/BBC 主持人（蔡柏璋飾演）
趙德印／Willy（張家禎飾演）
小湯境澤／古董店老闆／學弟（呂名堯飾演）
廖得凱（邱俊儒飾演）
Lilly／學妹（張文易飾演）
內褲男／香港旅客／街頭表演藝人（洪唯堯飾演）

舞台提示

除舞台指示有特別說明轉場所運用的方式，否則請儘量以不暗場的
方式來進行場景轉換，讓轉場能做到流暢，不打斷觀眾看戲節奏為
原則。

序曲

Re/turn

16

　　（現場樂手彈奏《Re/turn》組曲。曲風一開始輕快甜蜜，劃破觀眾進場時的寂靜，一隻巨大兔子的身影在上舞台黑紗幕後方若隱若現，當曲調進入高峰時，霎時轉爲優雅但較接近哀傷的曲調，主要角色依序上場。）

　　（場景爲飛機機艙，白若唯身著空姐制服，推著餐車服務乘客，可以看出她相當細心想照顧好每位乘客的需求。）

　　（場景轉爲某記者會現場，許多記者簇擁剛高票當選本屆市議員的湯境澤並進行採訪，唯獨雷奕梵若有所思地站在一旁觀看，沈默半晌後，她似乎也無奈地加入採訪。）

　　（場景轉成倫敦地鐵 Piccadilly 線上的某一月台，簡嫚菁滿心歡喜地拖著行李箱，經過月台邊正在表演的街頭藝人。她完全沒注意到街頭藝人的彈唱，只自顧自地急忙離開，想快點回到家見蒲琮文。）

17

神秘門把

1

簡嫚菁：我叫簡嫚菁，一個很普通的臺灣女孩。兩年前我到美國加州找工作，認識了當地的一個ABC，然後我跟他結了婚。（*短停頓*）我的婚姻並不美滿，他很快就愛上另外一個女人。就跟電視上演的一樣，小三最後變成了正宮。我承認我很依賴，我喜歡有人陪在我身邊。一個人生活真的好辛苦，可是最後我還是選擇離開。我原本以為我再也找不到幸福了，直到，我遇見了他。

（*BBC節目片頭音樂進，觀眾將看到舞台另一邊，蒲琮文正在BBC的美食單元節目中受訪錄影，主持人Jamie和蒲琮文，正準備進行最後一段的錄影。*）

主持人：Welcome back to BBC Asian Network Local Cuisine. This is your host Jamie Lin. Introducing the up-rising pastry chef, Charles Pu, who's rolling out the pie dough. OK, Charles, What's the tip of making a pie?

蒲琮文：One of the tips is that you have to turn the dough several times so the dough is pressed evenly, and you also decrease the creases.

（*蒲琮文現場熟練地在派皮兩面皆撒下麵粉，前後各翻數次*）

主持人：So, it does decrease the crease. Brilliant. （*從流理台下方的烤箱取出之前烤的櫻桃派*）Meanwhile we've got Cherry's pie we made 15 minutes ago. （*聞派*）It smells like heaven! （*試吃*）This tastes absolutely brilliant. Charles, tell us, what's secret of making a pie?

蒲琮文：（*微笑*）There's no secret, to be honest. I simply imagine I'm making these pies for someone I really care and love.

主持人：That's very beautiful. It occurs to me that, what made you want to be a pastry chef and start your own bakery?

（*短停頓*）

蒲琮文：Because…because someone told me I could do it.

（短停頓）

主持人：That's it?

蒲琮文：（若有所思）Yeah, nobody ever thought that I could be a pastry chef…. until…this person…who believed in me.

主持人：Who is this person then?

（攝影棚外頭出現奇異閃光，主持人發現一隻巨大兔子從面前閃過，主持人做手勢停止錄影）

主持人：（對蒲琮文）Did you…did you happen to see a rabbit? A huge, white rabbit?

蒲琮文：No. Are you o.k.?

主持人：Excuse me for a minute. I must have forgot my pills. （主持人離場，蒲琮文留在原地）

簡嫚菁：才離開倫敦兩個禮拜我就好想他。我一直都相信幸福是掌握在自己手上的，這一次，我一定要好好把握。（停頓）如果我說我又想結婚了，你們會不會覺得我瘋了？

（主持人再度上場）

蒲琮文：Is everything alright?

主持人：Yeah, everything is fine. You got a fan, mate. （停頓）Someone just dropped you this box with a note . So, shall we move on to the last part? Welcome back to BBC Asian Network Local Cuisine.

23

（*BBC 主持人繼續報導，燈光轉換，蒲琮文離開攝影棚。*）

簡嫚菁：（*對觀眾*）我再也不要被動地等待幸福了。今天，就是今天。

（*轉場，場景為蒲琮文倫敦家中*）

簡嫚菁：（*進門*）Charles ！
蒲琮文：嫚菁？妳不是下禮拜才回來？
簡嫚菁：怎麼捨得讓你一個人忙。（*兩人擁抱*）好想你喔。
蒲琮文：我也是。我還計畫要去機場接妳。肚子餓不餓？我今天早上
　　　　做的。（*指著流理台上的派*）
簡嫚菁：我剛剛在電視牆上看到你耶。
蒲琮文：真的嗎？我跟妳說，我今天去錄了 BBC 的一個美食節目，我
　　　　覺得我們一起開店的夢想就快要實現了。
簡嫚菁：你剛剛說什麼？你再說一次。
蒲琮文：喔，當然，我們現在還缺一筆資金，但我相信只要—
簡嫚菁：我們…一起。
蒲琮文：嗯，我們一起。（*短沈默*）妳喜歡這個 idea 嗎？
簡嫚菁：（*停頓*）超級喜歡。

（*短沈默*）

簡嫚菁：我問你一件事喔！我回台灣之前，你跟我說的那些話，是認真
　　　　的嗎？
蒲琮文：什麼話？我有說過什麼話嗎？
簡嫚菁：（*作勢打蒲琮文*）不要鬧了，我現在跟你說認真的—
蒲琮文：（*打斷*）我的鑰匙都已經給妳了，我當然是認真的。

（*停頓*）

簡嫚菁：你確定你要繼續跟一個離過婚的女人在一起？

蒲琮文：嫚菁，這個問題我已經回答過很多遍了——

簡嫚菁：我只是想再聽一次。

（停頓）

蒲琮文：我非常確定。OK?

（蒲琮文輕吻簡嫚菁，簡嫚菁若有所思）

簡嫚菁：我有件事情要跟你講。

（簡嫚菁拿出一個小盒子）

蒲琮文：這是什麼？

簡嫚菁：你看一下嘛。

25

（蒲琮文拆開盒子，發現裡頭是一枚戒指）

（簡嫚菁跪下）

簡嫚菁：蒲琮文先生，你願不願意娶我？

（蒲琮文沈默片刻）

簡嫚菁：Oh！Shit！我還沒想過如果你說不要的話，我該怎麼辦？

（停頓）

簡嫚菁：可是我現在真的很清楚知道，我想要跟你一起生活，一輩子。

（停頓。隨後蒲琮文匆促離開。）

簡嫚菁：什麼意思？…蒲琮文，我剛剛開玩笑的，你就當剛剛什麼事情都沒有發生過…那個蛋糕超好吃的…糗死了，哪有女生求婚的…

（蒲琮文再度走進）

蒲琮文：嫚菁。
簡嫚菁：你要說什麼就說吧，我都準備好了。
蒲琮文：（拿出手上的戒指盒）我沒有想到妳也買了。

（簡嫚菁不可置信地看著蒲琮文手中的戒指）

簡嫚菁：（尖叫）問我！
蒲琮文：（笑）可是妳剛剛已經問過了？
簡嫚菁：我要聽你再問一次！
蒲琮文：（跪下）簡嫚菁小姐，妳願—
簡嫚菁：（尖叫）我願意！！！

（兩人交換戒指）

簡嫚菁：我願意跟你一起開店。
蒲琮文：一起做蛋糕。
簡嫚菁：一起生活。
蒲琮文：一輩子。

（蒲琮文抱起簡嫚菁）

簡嫚菁：（推蒲琮文）你剛才沈默那麼久是要把我嚇死是不是！

蒲琮文：（笑）我這輩子從來都沒被人求婚過，感覺還不錯—

簡嫚菁：（笑）放我下來。

蒲琮文：（認真地）嫚菁，我答應妳，我一定會好好照顧妳。

（短停頓）

簡嫚菁：我要去打電話跟雷小梵和湯小澤！我要跟他們說我要結婚了！
　　　　蒲先生，你要幫我特製一個結婚蛋糕。要特殊口味的。

蒲琮文：是，蒲太太。

簡嫚菁：不然的話，你今天晚上就睡地板。

（蒲琮文欲親吻簡嫚菁，簡嫚菁躲開。）

簡嫚菁：我要巧克力口味的。（簡嫚菁下場）

蒲琮文：I love you。

簡嫚菁：（場外）I love you, too。

（蒲琮文微笑看著簡嫚菁下場，轉身想將蛋糕放入冰箱時，看
到從攝影棚帶回的盒子裡頭發光，忍不住打開，發現裡頭有個
精雕別致的門把。）

蒲琮文：嫚菁…嫚菁！

簡嫚菁：（場外）幹嘛，我還在講電話！

蒲琮文：（拿起盒內的字條，讀出）「生命中的缺憾，會引領你到該去
的地方」？

（此時，兔子出現，場上突然也出現一道時光門，蒲琮文驚疑
片刻後，緩緩走進門內）

Return

（舞台四面八方分別走進倫敦東區常見的人群們，場景轉換成五年後倫敦的某 Café，門庭若市，熱鬧喧譁。）

男客：到底還要等多久呀？

女客：拜託，等待會是值得的好不好。這個 Cherry's Tear，是這家店的招牌！保證好吃到會讓你掉眼淚。

男客：櫻桃眼淚？怎樣？難吃到想哭喔？

女客：你這個人怎麼這樣？ Hey Miss,is the cake good?

英國女人：Definitely! It's the best in town!

女客：See? 而且這個蛋糕的故事超浪漫的，你知道嗎？

男客：怎麼個浪漫法？

女客：Hey！Sir,do you know the story of the cake?

日本客人：The Story！（指著手上的旅遊書）Yes,I know!

女客：你看！連 guide book 上都有寫。它是老闆跟老闆娘第一次見面的定情之物耶，老闆娘就是因爲這個蛋糕就嫁給老闆了！眞的好浪漫喔！

男客：這種騙觀光客的故事妳也信。

女客：你看，這位就是老闆娘。哈囉，若唯。

（白若唯挺著大肚子上場。）

若唯：這是兩位點的 Cherry's Tear。

女客：（對白若唯）什麼時候生呀？

若唯：快了。

男客：妳跟她那麼熟呀？還若唯哩！

女客：我常帶朋友來吃啊，你快吃吃看啦！喂！怎麼樣啦，是不是很好吃？你快說話！（短停頓）啊，還沒吃～～～

店內其它客人：Come on！Give it a try！

28

（男客吃了一口，長停頓）

男客：再給我一個！

（蒲琮文穿越時空來到五年後的這間 Café 門口，他看起來滿臉困惑。）

女客：Hey! Charles!（轉身對男客）你看，這位就是老闆。
男客：喔，你就是老闆呀！謝謝你，你做的蛋糕真的好好吃喔！
英國女客：Hey! Charles! Where have you been? Your wife is looking for you.（對店內吧台） Charles is back!
白若唯：（從吧台走出）Charles！你跑去哪了？今天店裡很忙耶！
蒲琮文：（看見白若唯，震驚）Wei？妳怎麼會在這裡？

（場上靜默，所有人動作停格不動）

（隨後場上客人以某種動作隊形離場，獨留白若唯一人在舞台上邊換裝邊進行以下獨白。）

白若唯：我叫白若唯，三十二歲。我是一位空姐。但是，我最近辭職了，因為我要結婚了。我的未婚夫叫做湯境澤，三十五歲，他最近剛剛選上市議員，被媒體稱做是「史上最具潛力的政治新秀。」境澤很忙，婚禮許多大大小小的事就由我來打點，還好我有一個好姐妹陪我處理婚禮的每一個細節。喔，對了，我的這個好姊妹可能跟某一些人想像中的，不太一樣。

倒數計時

Final Countdown

2

Return

     （場景轉換到 Wasir 工作的婚紗禮服店，若唯已換上婚紗，正站在落地窗前看著外面，Wasir 拿著高跟鞋上場。）

Wasir： （看著白若唯）OH! MY! GOD! This is AMAZING!

     （白若唯轉身）

Wasir： Oh my God，（比劃白若唯的胸前）What happened? So empty! 趕快補上。（遞胸墊給白若唯）才幾天沒看到妳就瘦成這樣。

白若唯： （邊塞胸墊邊聊）沒有想到，你這邊的 view 還不錯。

Wasir： 等一下 101 爆炸的時候，妳就知道我這邊的 view 有多厲害！

     （Wasir 遞上胸墊，協助白若唯調整）

34

     （白若唯長停頓，看著窗外）

白若唯： 欸。

Wasir： 幹嘛？

白若唯： （沈默）如果又不對呢？

Wasir： 什麼意思？

白若唯： 如果我又做了錯的選擇呢？也許，我不應該這時候就結婚，我需要再考慮一下…

Wasir： 啊叭叭叭叭叭叭！（短停頓）小唯，妳愛境澤嗎？

     （白若唯點點頭）

Wasir： 我相信境澤也很愛妳，我覺得你們兩個很「速配」（台語）。（短停頓）雖然我覺得境澤不喜歡我。我知道了，他一定有恐同症。

白若唯：境澤才沒有好不好！

Wasir：妳知道上次他看到我試穿那件粉紅色婚紗的時候，他倒抽了
　　　　幾口氣？

白若唯：粉紅色那件？是人都會倒抽。

Wasir：很賤耶，妳猜啦—

白若唯：幾口？

Wasir：六口。正常人只會抽兩口，他抽六口！

（*學湯境澤抽六口氣。*）

白若唯：境澤才沒有那麼誇張。

Wasir：有啦。欸，妳到底是看上他哪一點？

白若唯：第三點啦—

（*Wasir 興奮，短停頓，兩人很有默契地互看彼此。*）

Wasir：還好他今天晚上得喝酒應酬，不然妳怎麼可能那麼好，還陪
　　　　我跨年？

白若唯：告別單身以前，當然要跟好姊妹一起慶祝啊！雖然是俗不可耐
　　　　的跨年—

Wasir：到底跨年是哪裡惹到妳？

白若唯：我跟你說，年份、節日、時間都是人訂出來要方便溝通的一
　　　　種東西，倫敦在跨年的時候，紐約在喝下午茶，台北還在晨跑
　　　　耶，你覺得大家真的知道自己在慶祝什麼嗎？

Wasir：妳不只緊繃而且還無趣耶，那不要跨啦，婚也不要結啦，婚
　　　　紗也不要穿啦！脫下來，全部都脫下來給我。

白若唯：幹嘛，生氣囉。好啦，我現在人不是已經在這裡了。（*短停頓*）

哇！這一件婚紗眞的好好看。

Wasir：那當然，是我挑的耶。

白若唯：（重新檢視鏡中的自己）還是你眼光好，挑到這一件。

Wasir：因爲我每次都是用一種「設身處地」的心態在幫妳挑的耶。

白若唯：（停頓）等一下，這是上次我試穿的最後一件嗎？

Wasir：對啊。

白若唯：（企圖要脫下來）這一件超貴的，不要鬧了（尋找標籤）標籤
　　　　呢？我把標籤弄丟了？怎麼會這樣─

Wasir：這位小姐！麻煩妳鎭定一點好嗎！（幫白若唯拉上拉鍊）這件
　　　　婚紗我已經刷卡幫妳買下來了。（停頓）是我要送給妳的結婚
　　　　禮物。

白若唯：Wasir！不要鬧了，這件婚紗眞的超貴的，用員工價都還要花
　　　　你六個月的薪水，我不是說過，結婚！簡簡單單就好，有多少
　　　　錢就做多少事，我不─

Wasir：說句謝謝有這麼困難嗎？

　　　　（停頓）

白若唯：謝謝。

　　　　（兩人擁抱，停頓）

Wasir：嗯，身爲妳最好的朋友還有妳高級婚紗的贊助者，我…我要
　　　　冒著生命危險問妳一個問題。

白若唯：問。

Wasir：妳有邀請妳媽嗎？

　　　　（停頓）

Wasir：小唯，妳有沒有邀請妳的 mother ？

（*停頓*）

Wasir：妳知道我可以陪妳在這裡一直耗，耗到妳願意開口回答我的
　　　問題為止。

白若唯：這件事情有那麼重要嗎？

Wasir：小唯，這是妳唯一的婚禮。（*停頓*）Okay！Maybe 不是唯一的
　　　婚禮。但是妳唯一的親人有權利知道自己的女兒要結婚—

白若唯：（*冷冷地*）親人不會這樣對待彼此。

Wasir：親人最擅長這樣對待彼此。

白若唯：反正她也不一定會來—

Wasir：她不會來是她的問題，妳管妳的問題就好。

（*短停頓*）

白若唯：我有請趙叔傳消息給她了。

Wasir：趙叔？趙叔是哪位？

白若唯：趙叔，白襄蘭董事長的秘書。

Wasir：喔，趙叔。（*停頓*）我知道妳跟妳母親很不熟，但是透過一個
　　　秘書把喜帖—

白若唯：十三年。（*短沈默*）我們十三年沒有說話。

Wasir：（*開玩笑*）那妳還記得她長什麼樣子嗎？

白若唯：我想忘都還忘不了。（*對 Wasir*）你知道嗎？從小到大，我喜
　　　歡做的事情，沒有一件事情是她會認同的。好像我做的每一個
　　　選擇，對她來講，都是非常愚蠢，她從來沒有滿意過。

Wasir：她為什麼一定要滿意？

白若唯：我不知道啦。（*沈默*）我有跟你說我做的惡夢嗎？我常常夢到

　　　　我在飛機上，但我不是在工作，我在跳舞。我跳著跳著，突然，
　　　　有一陣亂流，身邊的乘客都很驚慌。我看著窗外，發現窗戶上
　　　　面的倒影，所有乘客的臉，都變成我媽的臉，然後…

Wasir：什麼？

白若唯：（搖頭）沒有。

Wasir：我相信這一次會不一樣的。

白若唯：真的無所謂，我只希望能把這個婚順順利利結掉，然後我就可
　　　　以放鬆一下，去巴黎度我的蜜月。

Wasir：巴黎，說到這個就有氣！
　　　　竟然丟我一個人去 Paris， PARIS（法文）！真的很賤耶，我
　　　　也好想要結婚喔。

白若唯：我跟你說，如果你喜歡女生的話，我就跟你結婚。

Wasir：（認真想想）嗯，不酥湖，少了一根就是不對。

白若唯：你很色耶。

　　　　（窗外傳來遠處倒數計時的人聲及煙火聲）

Wasir：（看錶，尖叫）啊啊啊啊，在倒數了耶！快點快點！

　　　　（窗外倒數計時的人聲：10 9 8 7 6 5 4 3 2 1 ）

白若唯 / Wasir：新年快樂！

　　　　（兩人牽手、尖叫）

Wasir：新年快樂。

白若唯：寶貝，新年快樂。

　　　　（兩人轉身持續看著窗外的煙火）

Wasir： 妳知道我爲什麼喜歡跨年嗎？

（白若唯搖搖頭）

Wasir： 我第一次跨年是 Peter 帶我去的。（微笑）Peter 說，他從來沒有想過要和另一個人廝守終生，因爲他不想帶給別人情感上的負擔。可是就在那一年啊，他自己跑到我們住的屋頂的天台上去看 101 倒數計時，十、九、八、七、六、五、四、三、二、一，他突然在暗沈沈的天空當中，看見了他深愛的人的臉。於是他說他明白了。就在那短短消逝的十秒鐘，你在天空中看到的那張臉，就是答案。

（停頓）

白若唯： 我相信 Peter 在天堂一定會一直看護你、照顧你。

Wasir： （短停頓）妳呢？剛剛倒數的時候，妳看到了誰？

（白若唯轉身看著窗外的天空，沈默。）

（機場旅客從舞台四面八方湧入，圍繞白若唯和 Wasir，雷奕梵也在人群隊伍中上場。）

雷奕梵： 我叫雷奕梵，我喜歡寫作，寫作是我的 passion。我在全國最大的八卦週刊當副編。（停頓）我相信等我當上總編輯之後，我就可以寫我自己想要寫的東西了。（停頓）簡嫚菁，簡嫚菁是我高中最要好的朋友，我好久好久沒有看到她了，不知道她是不是還是跟從前一樣，（看手錶）然後她的飛機應該要在一個小時前就要到了。

那年之後

After that year......

3

Return

（一位手上端著熱咖啡的香港旅客撞到雷奕梵。）

香港旅客：（粵語）搞什麼啊？走路不會看路啊？

雷奕梵：你現在在兇什麼！

香港旅客：（港式中文）妳好端端的擋在路上幹麼啊？

雷奕梵：他媽的是你來撞我的！

香港旅客：跟妳講兩句話妳就發脾氣！妳知不知道我是誰啊？

雷奕梵：（拿出記者證）不知道。但我剛好是記者。你想要上新聞嗎？

香港旅客：（退縮）記者了不起啊…台灣會變這麼亂都是你們搞的鬼，
妳食蕉啦！

（香港旅客下場）

雷奕梵：去死啦，幹！

（簡嫚菁上場發現雷奕梵）

簡嫚菁：雷小梵！

雷奕梵：簡嫚菁！

（兩人擁抱）

簡嫚菁：好想妳喔！（又再抱了一次，簡嫚菁仔細看著雷奕梵）小梵，
怎麼啦，妳衣服怎麼濕濕的？

雷奕梵：就剛剛有個賤人把咖啡潑到我身上。

簡嫚菁：好啦！趕快脫掉。（看到雷奕梵的胸部）哇賽！這是什麼？

雷奕梵：記者證啊。

簡嫚菁：這個，是不是有點變大了？（簡嫚菁興奮地用手戳雷奕梵的胸部）

雷奕梵：高中時候的遊戲不要在大庭廣眾下玩好不好？都幾歲了？

簡嫚菁：怎麼樣？（整個人貼近雷奕梵，作勢要親她）我就是好愛好愛妳。不行嗎？

雷奕梵：（嚇得逃跑）好好好，妳可以很愛我，但不可以弄我胸部，已經夠小了，走開！

簡嫚菁：我知道了，妳現在升總編輯了所以不能ㄅㄨㄞ了喔！

雷奕梵：還不是好不好！要幹掉另外一個副編我還得挖出更多獨家八卦才行—

簡嫚菁：現在哪有什麼獨家，電視打開通通都是同一家。（停頓）等一下，妳們文學雜誌為什麼也要寫八卦？

雷奕梵：（突然認真起來，抓著額頭的瀏海）我已經離開文學雜誌很多年了。

簡嫚菁：所以妳現在—

雷奕梵：反正我一定會憑實力當上總編輯的。

（短沈默）

雷奕梵：好啦，這次怎麼突然回來？之前，妳在 Line 跟我說妳有事情要當面講？請問是什麼事這麼神祕啊？說！

簡嫚菁：吼，妳不要用這種八卦記者的態度質問我啦，很煩耶。

雷奕梵：妳懷孕了？

簡嫚菁：怎麼可能！

雷奕梵：未婚懷孕？

簡嫚菁：我看起來有像嗎？

雷奕梵：妳結婚了？

簡嫚菁：差一點。

雷奕梵：（喜悅）訂婚了？

簡嫚菁：離婚了。

雷奕梵：簡嫚菁！妳到底發生什麼事可以告訴我嗎？

簡嫚菁：然後我又想要結婚了！

雷奕梵：簡嫚菁！發生這麼多事情都不用跟我講，我不是妳的好朋友—

簡嫚菁：不要生氣嘛。我這幾年眞的發生太多事了，等一下找個地方坐下來，我再慢慢跟你們說。

雷奕梵：你們？誰是你們？

簡嫚菁：（*企圖岔開話題*）我跟妳說，我從英國帶了一個超級好吃的蛋糕來給妳吃，超好吃的…

雷奕梵：簡嫚菁！

簡嫚菁：（*短沈默*）而且我跟妳說蛋糕上面的奶油超綿密的，而且又不甜，而且做得超級漂亮……我約了湯小澤。

雷奕梵：簡嫚菁！妳瘋了嗎？

簡嫚菁：哎喲，我們三個人很久沒見了—

雷奕梵：我現在不能看到他，好嗎？這樣很奇怪—

簡嫚菁：你們到底是怎樣？

雷奕梵：妳明明知道我高三之後就沒有跟他講過話！

簡嫚菁：好朋友爲什麼要這樣？

（*機場旅客學弟妹進場*）

學弟：妳走快一點啦！

學妹：超重的耶，你又不幫我拿。

學弟：好啦。

學妹：耶，謝謝，你最好了。

簡嫚菁：妳這幾年都沒有寫過湯小澤的新聞嗎？

雷奕梵：有啊。可是那不一樣，我只需要站得遠遠的，聽他講話，寫下來，交稿，就這樣。好啦，抱一下，我先走囉，妳再跟我約！

那年之後　After that year......

（就在雷奕梵轉身準備要離場，湯境澤出現，兩人對看彼此，沈默，一陣尷尬，湯境澤打破沈默。）

湯境澤：嗨！奕梵。

雷奕梵：嗨。

湯境澤：嘿！嫚菁—

簡嫚菁：湯小澤！好想你喔。

（簡嫚菁衝上前跳到湯境澤身上，用力地環抱著他，引起機場其他旅客注意到，數名認出是湯境澤的粉絲已在一旁議論紛紛，並用手機偷拍。）

雷奕梵：簡嫚菁，妳穿裙子還這樣。

簡嫚菁：有什麼關係（對場邊觀看的人群）我們是認識十年的好朋友。

湯境澤：嫚菁，下來，妳這樣子我沒有辦法講話。快點下來。

簡嫚菁：人家想你嘛。

湯境澤：呴，妳真的是一點都沒有變耶。

簡嫚菁：那你看看這個人有沒有變。

湯境澤：（對雷奕梵，有點生疏）哈囉，奕梵，好久…不見。

雷奕梵：嗯。（點頭微笑）

（長停頓）

湯境澤：抱歉，因為婚禮有一些事情要處理，所以遲到了。

簡嫚菁：我們家湯小澤終於要結婚了，（抱湯境澤）真的好替你開心！

湯境澤：妳們沒有等很久吧？

簡嫚菁：我和雷小梵等妳等超久的—快點跟她道歉！

湯境澤：對不起。

那年之後　After that year......

Return

雷奕梵：我還有事情，我先離開，抱歉—

（學弟妹走向湯境澤，說話過程中，雷簡兩人走到旁邊的等候椅上）

學弟：不好意思，請問你是湯境澤學長嗎？

湯境澤：呃⋯我是。

學弟：你好！我是你的高中學弟，我是第三十二屆的，可不可以請你幫我簽名？

湯境澤：當然可以。

學妹：那我也要叫你學長可以嗎！我是第三十三屆的！

湯境澤：呃，當然可以。

學妹：啊！學長好帥喔！那學長，那⋯我可以跟你拍照嗎？

湯境澤：當然可以啊！

學弟：學長！請你看一下這裡！一二三！（學弟拍照）學長不好意思，你後面有阿姨，我們換到另一邊。

學妹：阿姨幹嘛搶鏡啊！（學弟跑到另一邊再拍一張）

學弟：學長，看這裡喔。來，一二三！哇，學長，你真的好上相喔。學長，聽說你從前是演辯社的？我們學校裡面的人都超迷你的。

學妹：對啊！學長，我們都超崇拜你的，可以找你來學校幫我們演講嗎？

湯境澤：當然可以，（遞名片）這是我的名片，打電話給我助理，（微笑）只要跟他講說，你們是我最疼愛的學弟妹就可以了。

學妹：學長！這是要送你的（學妹遞出花圈幫境澤帶上）

湯境澤：謝謝謝謝！那不送囉！

學弟：學長！筆！

湯境澤：喔！對！

學弟：學長！我爸在外面！可以請你幫我跟我爸…不是，可以請你跟
　　　我爸拍張照嗎？他有投你一票！

湯境澤：可以啊！伯父是吧！走走走！（轉身跟雷簡兩人示意很快就回來）

（湯境澤與學弟妹離場。）

簡嫚菁：現在女孩子怎麼都這麼嗯啊？

雷奕梵：妳有什麼資格說別人嗯？

簡嫚菁：我哪有嗯！（短停頓）她們三十三屆。我們第幾屆啊？

雷奕梵：我們二十。下一個十年，我們就四十歲了。

簡嫚菁：（台語）我青春的肉體，就那樣，來匆匆去匆匆，咻一下就過
　　　去了。

雷奕梵：妳真的很嗯。

（湯境澤再度上場。）

湯境澤：抱歉。

簡嫚菁：湯小澤，你剛剛未免也太誇張了吧。

湯境澤：沒辦法。我也很希望可以像我們以前一樣，不用在意別人的眼光。

（沈默）

雷奕梵：抱歉，我還有事，我得先離開。

湯境澤：妳們會來參加我的婚禮吧？

（簡嫚菁挽著雷奕梵的手強拉她轉身）

簡嫚菁：（對雷奕梵）會吧？

雷奕梵：（短沈默）喔，可以啊！我是說，會啊！下個月三號，對吧？

湯境澤：　嫚菁！謝謝妳特地回來參加我的婚禮。

簡嫚菁：我剛剛才突然想到，下個月三號我好像已經不在臺灣了—

雷奕梵／湯境澤：簡嫚菁？！

簡嫚菁：哎喲，對不起，我不是故意要 miss 掉你的婚禮的，只是，我遇
　　　　到一個男的—

雷奕梵：在那之前還有另一個男的。

簡嫚菁：可是我離婚了。

湯境澤：妳結婚了？

雷奕梵：該不會是臉書上那個死胖子吧？

湯境澤：妳的品味還是這麼差？

簡嫚菁：你們很煩耶！我這一次是認真的，我要好好把握這一段感情。
　　　　（停頓）他叫 Charles！

雷奕梵／湯境澤：（對看）Charles。

（雷湯兩人對於這種下意識的默契，感到有種熟悉）

湯境澤：你們交往多久了？

簡嫚菁：一年兩個月，又四天—

湯境澤：好久喔。

簡嫚菁：我們現在想要在倫敦開一家自己的糕餅店—

雷奕梵：真的假的—

簡嫚菁：我要回去幫忙—

湯境澤：是減肥糕餅對不對？

簡嫚菁：（停頓）哎呦！你們不要覺得我是很隨便又沒有原則的雙魚座！

湯境澤：我完全沒有這樣想。

那年之後　　After that year......

雷奕梵：我完全沒有在聽。

簡嫚菁：（笑）喂，你們兩個，就跟高中時候一模一樣。（對雷湯兩人）我們高中每天都在考試，可是還是好快樂，對不對？（頓）你們記不記得我們在頂樓一起許的願望？

雷奕梵：記得啊！妳真的很老派，同一件事情每次見面都要講一次。

簡嫚菁：我當然要講，你們的願望都實現了耶！妳看妳，就快要當上總編輯了，你已經是市議員了—

雷奕梵：而妳希望可以找到一個真心愛妳的好男人—

（停頓）

簡嫚菁：我們回去學校走走好不好？你們有空嗎？

雷奕梵：我今天不行。

湯境澤：我等一下還要回辦公室一趟。

（簡嫚菁沈默，臉色凝重）

雷奕梵／湯境澤：呃…不要這樣啦，嫚菁…我們不是這個意思……

簡嫚菁：開玩笑的啦！可是，我回倫敦之前，一定要約成一次。好啦！你們去忙吧！

雷奕梵：嗯！我還有事，我先走囉！

簡嫚菁：境澤你不是開車嗎？你送她啊！

湯境澤：喔！嗯，我送妳吧！

雷奕梵：不用了，謝謝。

簡嫚菁：沒關係啦！反正他一定順路！

湯境澤：對啊，我順路—

雷奕梵：不用不用—

簡嫚菁：坐市議員的車子耶！

湯境澤：反正我也是要—
雷奕梵：（語言強硬）真的不用了！

（三人尷尬停頓）

雷奕梵：不好意思。（對湯境澤）婚禮的事情，你都還忙得過來嗎？
湯境澤：OK。（短停頓）OK。
簡嫚菁：那我要去趕車了。（對湯境澤）恭喜你。（輕聲）你現在的任務就是護送雷小梵回家。（對雷奕梵）到家打給我。再約。掰掰！

（簡嫚菁下，湯境澤與雷奕梵沉默）

雷奕梵：很為你高興。
湯境澤：謝謝。
雷奕梵：那我先走了！
湯境澤：奕梵！

（湯境澤作勢要擁抱）

雷奕梵：恭喜你。（雷奕梵下場）

（停頓）

（燈光轉變，場上走進幾名類似伴郎或是禮服店的店員協助湯境澤換上婚禮的禮服，在過程中，湯境澤進行以下獨白。）

那年之後　　After that year......

湯境澤：（*對觀眾*）我和若唯是搭飛機的時候認識的。她是商務艙的空服員。你很難不注意到她，不只是因為她長得很美，更重要的是，當她跟你說話的時候，是真心詢問你的需求，而不是例行公事。（*接手機*）喂？我是境澤，您好。當然，沒問題，幾點？四點半？好，陳董，抱歉，麻煩您稍等一下—（*接聽藍芽耳機*）喂？對，我正在忙，我不是跟你講過了嗎？改到後天台南大億麗緻酒店。明天不行，我台北有事—（*對手機*）喂？陳董，不好意思。（*對藍芽耳機*）你說幾點？（*對手機*）陳董，不如明天我請您吃晚飯，約您最喜歡吃的欣葉台菜如何？（*對藍芽耳機*）明早大億麗緻九點 OK，先這樣。（*對手機*）是是，我訂位了，那就這麼說定了，哪裡哪裡，謝謝，到時候再邀請陳董來我們婚禮，好，好，再見。（*轉身*）我因為工作關係時常搭飛機，經常遇到若唯，後來，我們就開始交往（*轉身*）以結婚為前提，畢竟我們都到了結婚的年紀了。（*轉身*）這一場婚禮對我來說，對我們來說非常重要。小唯跟她的母親關係不好，她母親畢竟是一個名人，各大媒體都非常關注我們的戀情，我們都希望能盡量低調。（*轉身*）我愛她。當然。我當然愛她。她對我來說，非常重要。

婚禮告別式

Wedding Funeral

4

（孟德爾頌著名的「結婚進行曲」音樂響起，牧師、伴郎、伴娘和湯境澤已在場上，白若唯在 Wasir 的牽領下，緩緩步上紅毯，鎂光燈閃個不停。）

牧師：（台語）好！這樣咱們現在開始。湯境澤，你要承認接受白若唯做你的家後，遵守主耶穌一夫一婦的倫理，無論什麼境遇，一輩子敬愛她，體貼她，尊重她的基督教信仰，盡力向前，來建設美滿的家庭，敬重她的家族做你的家族，盡力孝敬，盡你做丈夫的本份到一輩子，你甘願意？

湯境澤：我願…

（Wasir 手機鈴聲突然響起，場上騷動，牧師不悦）

Wasir：對不起，對不起！喂？趙叔？請問白襄蘭女士會不會來參加婚禮？（停頓）她現在不方便接電話，她在結婚啊 Hello?！（停頓）喔，好 ... 好，你等我一下。（對白若唯）趙叔說有重要的事要跟妳講。

白若唯：（接過手機）喂，趙叔。（停頓）嗯。（長停頓）好，我知道了。

（停頓，白若唯抬頭看了湯境澤和牧師，轉向賓客們）

白若唯：（冷靜地）我母親…今天早上過世了。

（場上寂靜）

湯境澤：小唯—

（短沈默）

牧師：（台語）所以現在還有人要結婚嗎？

白若唯：境澤，對不起，我們的婚禮可以延期嗎？

（停頓）

湯境澤：嗯。

（告別式音樂進，婚禮賓客直接在舞台上換裝成參與告別式的
親友，每人手上也拿著一枝黑傘圍繞白若唯，當黑傘再度散開
時，白若唯已換上一身素淨的黑衣套裝，眾人行進、舞蹈，表
現對死者的哀悼，之後依序離場，最後只剩下趙德印、湯境澤
和 Wasir。Wasir 緊緊擁抱了若唯，之後向湯境澤及趙德印簡單
致意後離開。）

湯境澤：（撐著傘）小唯，我送妳回家。

白若唯：我沒事，真的，我想要自己走路回家。

湯境澤：妳家這麼遠，而且現在又下雨—

白若唯：沒關係，境澤，真的。我真的需要一個人靜靜，你先回去休
息吧。

湯境澤：那妳到家之後打個電話或傳個簡訊給我，好嗎？（對趙德印）
趙叔，小唯就麻煩您了。

（湯境澤離場。）

白若唯：趙叔，今天晚上我想回媽媽家去陪她最後一晚，可以嗎？

趙德印：當然。

（停頓）

白若唯：趙叔，您當媽媽的秘書多久啦？

趙德印：從妳開始上舞蹈班的時候我就在幫蘭姐工作。

白若唯：（停頓）這麼久了？我真的很難想像有人可以在她身邊工作這麼久，忍受她的怪脾氣。

趙德印：好像昨天發生的事一樣。妳記不記得那時候妳多黏妳母親？每一次我去舞蹈班接妳回公司，妳只要學了新的舞步，一路上妳就吵著要跳給妳母親看。說實話，妳跳得真的很好，好有天份。

白若唯：（短停頓）我都不記得了。（停頓）從倫敦回來之後，我就不跳了。

趙德印：為什麼就不跳了呢？

白若唯：（停頓）可能只是想報復她吧？

（短沈默）

趙德印：小唯，我必須要告訴妳，妳可能以為妳這麼做可以懲罰妳母親，可是，妳懲罰的其實是妳自己。

（長停頓）

白若唯：（收拾情緒）趙叔，謝謝您這麼多年以來一直照顧我媽。

趙德印：我很珍惜陪在蘭姐身邊這段日子，我是一個很幸運的人。（停頓）小唯，其實妳母親在妳父親病重的時候，難過得幾乎沒辦法工作。（停頓）她是真心愛著妳父親，她也真的很關心妳。

白若唯：可不可以不要現在談這些？有的時候我覺得你們上一代最壓
得我們喘不過氣來的，就是你們表現愛的方式。

（停頓）

白若唯：現在有點晚了，我想，您趕快回去休息，我會好好陪媽媽。

*（趙德印點頭，將骨灰罈交給白若唯，並看著骨灰罈深深鞠躬，
離場）*

61

那些我們沒有談過的事

Things We Never Talk About

5

白若唯：（邊哭邊講手機）對，我要一個六小福跟一個夏威夷。（停頓）為什麼沒有六小福？（邊哭邊說）可是我最想要吃的就是六小福！為什麼沒有六小福！！？那你不會換別的口味喔，你白痴喔？

（在白若唯講手機的同時，上舞台兔子的身影再度閃過，白襄蘭從時空之門踏出，白若唯轉身看見白襄蘭，靜默，白襄蘭看見桌上的骨灰罈）

白襄蘭：小唯？怎麼啦？什麼？我的骨灰罈？

（白若唯點點頭，短沈默，暈倒）

白襄蘭：（冷冷地看著白若唯）有什麼好怕的？

（白襄蘭暈倒）

（燈暗，燈光再度亮起的時候，白若唯坐在蒲團上，白襄蘭望著鳥籠）

白若唯：（對自己）所以…妳是從八年前的西藏來的…
白襄蘭：我昨天晚上不是都已經跟妳解釋過了嗎？（看著骨灰罈，笑）沒想到我竟然多活了這麼多年。
白若唯：這是鬼對自己存在的一種自我辯證嗎？
白襄蘭：所以上個禮拜我的死意外阻止了妳的婚禮？
白若唯：妳該不會覺得很高興吧？
白襄蘭：妳結這個婚一定是錯的選擇！不然那個門把為什麼把我帶到這裡來？

白若唯：誰知道這是一個什麼鬼門把?!

（停頓）

白襄蘭：妳未婚夫是做什麼的？妳到底有沒有想清楚為什麼要嫁給他？
　　　　妳知道，妳的判斷力一向都很差—
白若唯：等一下！（不可置信）妳怎麼有辦法用一個鬼的身份闖入我的
　　　　生活，然後又開始肆無忌憚地評斷我的選擇？嚴格上來講，妳
　　　　已經死了，好嗎？
白襄蘭：如果妳可以不用一直讓人操心的話，或許我就可以安心去當
　　　　鬼—
白若唯：如果妳可以不要一直質疑我人生中的每一個選擇，或許我可
　　　　以，我可以…

（停頓）

67
•

白襄蘭：可以怎麼樣？我就是可以看見每件事情的結果，因為我的經
　　　　驗太豐富，我見過的人，我看過的世面也比妳多太多了—
白若唯：妳憑什麼可以剝奪我犯錯的權利？
白襄蘭：妳看，妳都已經承認自己的選擇是錯的了。
白若唯：為什麼每一件事情對妳來講不是對就是錯？
白襄蘭：因為我就是這樣走過來的！我希望幫妳省去跌倒犯錯的過程，
　　　　直接選擇「對」的結果，這有什麼不好？
白若唯：但那是妳認為對的結果！
白襄蘭：好，那妳告訴我，這些結果最後證明有錯嗎—
白若唯：（停頓）喔，算了，妳根本聽不懂我在說什麼（自語）我以為
　　　　妳死了之後我就可以原諒妳了—

白襄蘭：我爲什麼需要被妳原諒？妳們這個世代不要老是把自己悲劇
化。

（停頓）

白若唯：我把自己悲劇化？爸爸生病的時候，妳在哪裡？（停頓）妳跟
趙叔在打拼妳的事業！喔不好意思，是「你們」兩個的事業！

（白襄蘭咳嗽不止）

白若唯：爲什麼不去看醫生？
白襄蘭：我沒事！
白若唯：咳成這樣？還說沒事。喝水。（拿起桌上的水）來，喝點水。
白襄蘭：不用，我沒事。
白若唯：喝水。
白襄蘭：我說我沒事妳是聽不懂嗎—
白若唯：我們可不可以不要一直假裝「沒事」！有很多事情我們根本
沒有談過。

（停頓）

白襄蘭：癌症。醫生說是癌症。末期。妳高興了吧？
白若唯：（莫名其妙）我爲什麼要高興？
白襄蘭：所以告訴妳有什麼用？妳能幫上忙嗎？如果妳幫不上忙的話，
爲什麼要浪費時間說這些讓人心情不好的話？
白若唯：因爲有一種東西叫做「分享」！

（長沈默）

白襄蘭：湯境澤，妳跟他怎麼認識的？

（短沈默）

白若唯：在飛機上，他常常坐我們公司的飛機。

白襄蘭：認識多久了？

白若唯：一年多。

白襄蘭：他是做什麼的？

白若唯：市議員。

白襄蘭：市議員？從政的？從政的男人不好，從政的男人十個有九個
　　　　不是妄想權力就是想弄女人—

白若唯：妳根本不認識他！妳根本不知道我要的是什麼！

白襄蘭：妳真的愛那個什麼市議員嗎？妳能夠看著他的眼睛，然後告
　　　　訴自己說，對，就是這個男人，他就是我要共度餘生的人嗎？
　　　　（停頓）妳看，妳完全不知道自己在做什麼。

白若唯：等一下，妳現在在跟我討論愛嗎？對妳來講，不是只要有身
　　　　份、有地位，這樣就可以了嗎？

白襄蘭：妳還沒有回答我的問題，這個人就是你要共度餘生的人嗎？

白若唯：最後在一起的，一定要是最愛的嗎？

白襄蘭：難道不是嗎？

白若唯：妳跟爸爸結婚的時候妳愛他嗎？

白襄蘭：我們那個時候哪有什麼自由戀愛。

白若唯：所以妳愛趙叔嗎？

（沈默）

白襄蘭：我們年代不一樣，答案不是愛或不愛這麼簡單—

白若唯：妳，愛，趙，叔，嗎？

白襄蘭：愛，又能怎麼樣？

（停頓）

白若唯：長這麼大，我最害怕的居然是，有沒有可能妳跟我說的話都是對的？

（長沈默，白襄蘭拿出信）

白若唯：這是什麼？
白襄蘭：是那個叫 Charles 的寫給妳的信。（短停頓）我之所以沒有拿給妳…是因爲怕妳對他還抱著希望。

（白若唯拆開其中一封信，閱讀，沈默半晌）

白若唯：妳什麼時候收到的？
白襄蘭：（短沈默）妳離家出走之後，他就寫信來了，一寫就是一整年，每個星期一封。

（白若唯拆開信封，激動地看著上面的字跡）

白若唯：妳爲什麼要現在拿給我？！

（停頓）

白襄蘭：因爲我不希望妳跟我一樣。

（停頓）

白襄蘭：妳還掛念著他嗎？

白若唯：為什麼妳要現在拿給我？！！

　　　（停頓）

白襄蘭：妳要不要去倫敦一趟？

　　　（芭蕾舞暖身的古典音樂進，場景轉換到 13 年前的英國皇家芭蕾舞團的夏令營，數位芭蕾舞者上場，在對話過程中，白若唯在場上換裝成為 18 歲時的模樣。）

6

Return

芭蕾女1：（邊舞動邊說）Wei, come on, show us how to do this!

白若唯：（法語）Tombé, Pas de Bourree, Glissade, Assemblé, Soutenu, Soutenu, Soutenu, Chasé.（短停頓）Shall we?

（眾人開始跟著白若唯練習一陣）

芭蕾女1：Let's do it again.

芭蕾女2：I'm gonna puke.

芭蕾女3：（日語）めまい。（暈眩）

芭蕾女1：No way. Uh-uh.

芭蕾女2：No. I need a break.

芭蕾女1：Let's go to have lunch.

芭蕾女3：（日語）ランチ！(Lunch)

芭蕾女2：Come on, girls. We can check out the delivery guy.

芭蕾女3：（日語）かっこいい。（超帥）。

芭蕾女1：Wei, do you wanna come with us?

白若唯：I'll get this right. Please go.

芭蕾女1：Are you sure?

白若唯：Yes, I'll be fine.

芭蕾女1：Alright. Don't push yourself too hard, ok?

白若唯：Ok, MOM~!

（白若唯按下CD player，音樂是M. C. Hammer 的《You Can't Touch This》，她隨著音樂節奏獨自在教室裡舞動起來，動作看似俏皮滑稽。）

（蒲琮文上場，提著一袋糕點，走進舞蹈教室，看見白若唯獨自一人跳舞，看到出神。白若唯突然轉身，看見蒲琮文，驚嚇，跌倒在地扭傷腳踝。）

蒲琮文：Oh, I'm very sorry. I didn't mean to stare at you. Are you ok?

白若唯：（忍痛）啊，好痛。

蒲琮文：I'll get you some ice. I work downstairs. I'll be right back.

（蒲琮文離去前，先搬了把椅子過來，並試圖將白若唯的腿放高。）

白若唯：Don't touch me！大變態。

蒲琮文：對不起！腳，放高，可以幫助那個 . . . 那個 . . . circulation?

白若唯：循環？！

蒲琮文：腳，放高。我去妳下面，一會兒。等我。

（蒲琮文跑下樓，再回來時手上拿了包冰塊，卻發現忘記拿毛巾，於是把自己的外套脫下，包覆在冰塊上面，給白若唯冰敷。）

77

蒲琮文：什麼是變態？

白若唯：變態就是…有一個人做了讓另外一個人害羞的事，叫做變態。

蒲琮文：什麼是害羞？

白若唯：Shy.

蒲琮文：變態，shy。Thanks.

白若唯：You…you are…?

蒲琮文：喔，I'm Charles。我在妳下面，外賣。I'm a delivery guy, you know what I mean?

白若唯：喔，原來「你」就是那一個 delivery guy。

蒲琮文：What is that supposed to mean?

白若唯：Nothing.

蒲琮文：Come on, tell me.

（白若唯盯著蒲琮文看，讓他有些不好意思。）

白若唯：你很紅，這棟大樓的女生都說你是這裡最好看的男生。

蒲琮文：什麼紅？

白若唯：You are famous in this building. The dancers here talk a lot about you.

蒲琮文：（不好意思，企圖轉移話題，指著外送的袋子。）妳點這個嗎？

白若唯：你中文不太好？

蒲琮文：我在學，說不好。妳是中國來的？

白若唯：台灣。

蒲琮文：喔，難怪妳說普通話。

白若唯：國語。

（短沈默）

蒲琮文：Alright, I got it. Another patriotic Taiwanese. Very respectful. But just curious, why does that bother you? （中文）就是中國人和台灣人和香港人。What's the difference?

白若唯：It's very complicated. 我至少可以花三天來跟你解釋我的政治立場。但是，我喜歡被稱作繼承傳統中華文化的台灣人，And I'm proud of that.

蒲琮文：And then, 妳在英國學西方的 art：ballet？

白若唯：What is that supposed to mean?

蒲琮文：No offence. Sorry, did you say your name?

白若唯：Wei. W-E-I.

蒲琮文：Wei, that's it?

白若唯：Yup, just like you, Charles. I'm Wei.

蒲琮文：（笑）然後妳說妳是有傳統文化的台灣人，妳沒有姓嗎？

白若唯：Well, It's very—

蒲琼文：Complicated. I see. 妳是不是還需要花另外一個三天的時間來解釋這件事情？

（白若唯看了蒲琼文一眼，停頓。）

蒲琼文：妳的腳還好嗎？

白若唯：還好。

蒲琼文：Are you hungry?

白若唯：A little bit, but why?

蒲琼文：我給妳吃？

白若唯：你的中文文法實在是…

蒲從文：（從自己的背包裡拿出一盒糕點）I made this by myself.

白若唯：你自己做的？喔，不用了，謝謝。

蒲琼文：Please. Just take it as my apology.

白若唯：真的不用了。謝謝。

蒲琼文：Come on! Just a bite! Don't be shy. Don't be such a 變態。

白若唯：變態不是這樣用的…

蒲琼文：Come on, try it.

白若唯：（吃了一小口，沈默。）這…這是你自己做的？

蒲琼文：對。喜歡嗎？

白若唯：（吃驚地）這是你做的！？？

蒲琼文：Very fresh cherry. How do you say cherry in 普通話? Oh, I mean 國語。

白若唯：櫻桃！喔，天啊！我感動到快哭了啦！怎麼會這麼好吃？

蒲琼文：Really? Thanks! 第一次有人吃我的櫻桃蛋糕吃到想哭。

白若唯：從來沒有人跟你說很好吃嗎？

蒲琼文：我不知道別人喜不喜歡吃我的，蛋糕。

白若唯：你應該要開一家自己的店，start your own bakery！一定會紅！

蒲琮文：（微笑）You think so? 我的夢想就是開一家自己的 bakery。

白若唯：有夢想很好啊，我的夢想就是要一輩子跳舞，然後跟舞團到處巡迴—

（兩人眼神對望，長沈默）

（白若唯把蛋糕盒還給蒲琮文。）

蒲琮文：Keep it. That's for you.

白若唯：你有把這個蛋糕取名字嗎？

蒲琮文：（想了一下）會哭的櫻桃。

白若唯：真的很爛。

蒲琮文：（看錶）Hey! Listen Wei, I'm very sorry. But I really have to go. 妳在這邊等一下，after my shift，我帶妳去看醫生？我知道有一家好的中醫在 China town。如果妳想的話。

白若唯：（笑）Does it look like I have a choice?

蒲琮文：Of course you do. （樂觀陽光地）We always have choices.

（蒲琮文離場）

蒲琮文：（轉身）對了，我喜歡妳跳 M.C. HAMMER 的時候。It's very cute. It's more like you, I guess. （短停頓）I hope.

白若唯：（害羞地）Bye!

蒲琮文：Bye!

（蒲琮文下場後，白若唯對剛才兩人的相遇感到不可置信，隨後開始舞動剛才的舞步，蒲琮文再度上場）

櫻桃眼淚（1）　　Cherry's Tear (1)

蒲琮文：喔，by the way，我想要花三天再加上另外一個三天多認識妳一點（*停頓*）If you want. Alright then. I'll see you later. Ciao.

（*蒲琮文離場*）

白若唯：（*對觀眾*）當然，我跟 Charles 之間的故事不是一個三天再加上另外一個三天可以說的完的。

（*《Make It Mine》音樂進，白若唯和蒲琮文在場上跳舞，稍後場上陸續出現一對對情侶，場景轉換成一場歌舞場景，代表兩人愛情的滋長。*）

白若唯：（*對觀眾*）我決定留在倫敦和這個男人一起生活。我愛他跳的白癡的舞步；我愛他說的白癡的笑話；我愛他像個小男生一樣，下樓梯的時候，會兩格當成一格跳著；我愛他親手做的蛋糕；我愛他，因為他喜歡那個原本的我──

（*歌舞進行到最後時，蒲琮文消失在人群中，白若唯急忙找尋，卻發現自己的母親白襄蘭突然出現眼前，燈暗。*）

説謊

Lying

7

（場景為週刊大樓的樓頂，雷奕梵氣急敗壞上場，手裡拿著一疊稿紙，廖得凱悄悄跟在她身後。雷奕梵將稿紙丟到地上，然後點煙。）

（稍後，廖得凱出現，手上拿了一束花，藏到角落，悄悄地走到雷奕梵身後嚇她。）

雷奕梵：你真的很煩欸，廖得凱。

廖得凱：恰北北。（看到雷奕梵在抽煙）欸，幹嘛抽那麼多菸？

雷奕梵：拜託！跟你們警察混，不菸不酒，是拿得到新聞就對了？

廖得凱：我就不抽菸阿！（伸手向雷奕梵要煙）充公。

（停頓，雷奕梵將打火機和菸盒交給廖得凱）

廖得凱：幹嘛心情不好啦？總編輯？

雷奕梵：我還不是總編輯。

廖得凱：我聽說妳老闆很滿意妳寫的東西，至於另外那個副編，妳不用擔心，我們罩妳，他拿不到任何獨家，只有妳，only you！

雷奕梵：我有說過不要跟我調情！

廖得凱：好啦。（看她手上拿的稿紙）妳手上拿這什麼？借我看。

雷奕梵：不要，沒什麼好看的。

廖得凱：拜託，我是妳最忠實的讀者耶。

雷奕梵：你如果再用這種撒嬌的語氣跟我講話我就要馬上跳樓。

廖得凱：（日文）どうぞ。（請）

（雷奕梵作勢跳樓，被廖得凱攔阻。）

廖得凱　：雷奕梵！妳知不知道妳剛剛在做什麼？妳幹嘛拿自己生命開

玩笑？妳要是跳下去，我怎麼辦？

雷奕梵：（尷尬）什麼啦！好啦，給你看。

廖得凱：這不就是妳平常寫的東西嗎？妳有必要這樣嗎？

雷奕梵：全部都是一些沒有營養的文章。從我進到週刊的第一天開始，我寫的東西就全部都是尖酸刻薄、落井下石，就連那一篇地震救難的新聞我也可以寫成難民勾心鬥角爭奪救助品─

廖得凱：那一篇我記得─

雷奕梵：（自語）這真的不是我想寫的東西，全部都是垃圾。

廖得凱：反正這些垃圾大家都很愛看。

雷奕梵：閉嘴。

廖得凱：（停頓）妳很好笑耶，都幹了這麼久還會這樣？

雷奕梵：你很開欸。你跑來這裡幹嘛？

廖得凱：關心妳啊。

雷奕梵：不要用這種交往的語氣跟我講話！

廖得凱：妳真的一點都不浪漫，今天是情人節耶，情人節耶！

雷奕梵：情人節干我屁事？

廖得凱：當妳男朋友一定很辛苦─

雷奕梵：我沒有男朋友。

廖得凱：（欣喜望外）真的啊？那妳要不要跟我一起過情人節？

雷奕梵：（指著廖得凱手上的稿紙）還我。

廖得凱：我真的覺得妳寫超好的，（台語）一百分！

雷奕梵：白癡，還打分數。

廖得凱：但我還是比較喜歡妳寫的散文。

（停頓）

雷奕梵：你最好看過我寫的散文。

Return

廖得凱：（從口袋拿出一疊印出來的紙張）妳高中時候的得獎作品。妳不知道數位化的陰謀嗎？早就偷偷放在市政府的網站上了，我可是冒著生命危險，在上班的時候偷列印下來的—

雷奕梵：給我。你很煩欸，還印下來。（追打廖得凱）

廖得凱：妳幹什麼？襲警啊。我真的覺得妳寫得超級好的。藍天底下—

雷奕梵：藍天之外！

廖得凱：（唸著）「僅以本文獻給我高中最要好的朋友，簡嫚菁和湯境澤，以及紀念那段註定沒有結果的愛。」（挖苦）哼，好浪漫喔，怎麼跟現在差這麼多—

雷奕梵：廖得凱—

廖得凱：妳現在還有跟那個湯境澤聯絡嗎？

（停頓。以下場景除原本的頂樓空間在最下舞台外，觀眾同時也會看到右舞台是 Wasir 的婚紗店，左舞台是一間 Motel 的房間台上。湯境澤赤裸著上半身上場，從 Motel 的房間走到陽台，他點了根煙，望向窗外，他的視線和雷奕梵交錯，短沈默。）

（白若唯從右舞台上場，她正在 Wasir 的婚紗店內，拿起手機撥打給湯境澤，Motel 房間裡頭傳出 Beyoncé 的《Single Ladies》手機鈴聲）

湯境澤：（對房內喊）不要動我的東西！（停頓）有沒有聽到？

（手機鈴聲結束，湯境澤繼續抽菸，白若唯再打了一次，手機鈴聲又響，湯境澤熄了菸，房內走出一位只著性感內褲的男子，手裡拿著湯境澤的手機。）

內褲男：（看了一下來電顯示）若唯？誰啊？

湯境澤：（搶過電話，微怒）我不是跟你說，不要動我的東西。

內褲男：可是它響了大概十次了，我都快要會唱那首歌了。Oh oh oh—

put your hands up. All the single lady.All the single lady—

湯境澤：好了，我要打個電話，不要吵。

內褲男：（在湯境澤面前蹲下）要我幫你「打」嗎？

湯境澤：不要鬧了，這通電話很重要。（回撥）噓！

　　　　（白若唯手機響）

白若唯：（接起電話）喂？

湯境澤：喂？小唯。

白若唯：嘿。

湯境澤：不好意思，我剛剛在忙，沒有接到電話。

白若唯：沒有沒有，是我不好，那天之後，我都沒有接電話。

　　　　（短停頓）

湯境澤：妳還好嗎？

白若唯：嗯…還好。

湯境澤：要不要我去妳家陪妳？

白若唯：不用了！（短停頓）我現在不在家，我在 Wasir 這邊。

湯境澤：喔。（停頓）

白若唯：境澤，我可能會離開幾天。

湯境澤：離開？

白若唯：對，因為，公司有一些離職的事情需要交接。

湯境澤：妳不是去年已經交接完了？

白若唯：嗯，但是，還有一些沒有交接的東西…所以我必須要回去…交接。

湯境澤：妳要去哪兒？

白若唯：呃，呃，去，北海道。

湯境澤：北海道！（*停頓*）什麼時候出發？

白若唯：明天中午。

湯境澤：這麼快？

白若唯：對，你不要擔心，我很快就會回來的。等我到京都―東勢―
東京，我會打電話給你。

湯境澤：至少讓我送妳去機場吧？

白若唯：不用。真的。

（*短停頓*）

白若唯：境澤，我知道我很任性，對不起。

湯境澤：沒關係，真的。

白若唯：謝謝你的貼心。Love you。

湯境澤：Love you。

白若唯：Bye。

湯境澤：Bye。

（*兩人在場上視線相對，沈默半晌。雷奕梵似乎看到這個景
像。*）

廖得凱：妳喜歡湯境澤喔？

雷奕梵：（*看著湯境澤的方向，沈默，轉身對廖得凱*）喜歡你啦！（*轉
移話題*）你在這邊幹嘛，你今天不用上班啊？

廖得凱：我是來帶妳去上班的啊?!（*小聲*）不要說我沒有照顧妳喔，
我們接獲可靠線報，今晚肯定會有獨家！我只有跟妳說！絕對
讓妳一路升到總編輯！大頭條！

雷奕梵：現在離晚上還早啊？

廖得凱：但是妳可以陪人家吃個飯―

雷奕梵：人家？誰是人家？走開啦！晚上再打給我，bye-bye。

廖得凱：（邊走邊笑）好啦，一點都不浪漫，恰北北。我走啦。

雷奕梵：Bye。

廖得凱：我走啦。

雷奕梵：Bye-bye。

（走到稍早藏花的地方，鼓起勇氣走向雷奕梵）

廖得凱：（故做驚奇狀，指著藍天）妳看 101！（遞花）情人節快樂！
晚上見！

（廖得凱下場，雷奕梵看著天空，深吸一口氣，看著遠方的湯
境澤）

（Wasir 上場，手上端著茶具。）

Wasir ：（對白若唯）說，妳真正的目的地是哪裡？

白若唯：（踮腳）什麼目的地？

Wasir ：（台語）賣假，妳說謊的時候腳都會踮。

白若唯：（挫敗）我剛剛有嗎？

Wasir ：還踮兩隻！

白若唯：喔，Wasir … 我不知道該怎麼辦！我的腦袋快要爆炸了！

Wasir ：（倒茶）這位小姐，妳給我 calm down ！喝一杯 Wasir 老師從
不丹買回來的清新紓解茶，這個茶可以讓妳放鬆心情，養顏美
容，還可以吐露真言，具有遠古神奇的療效，來，乾杯！

白若唯：（深呼吸，喝了一口）嗯。

Wasir ：（按摩白若唯的肩頸）天啊，小姐，妳多久沒有睡啦？肩頸怎
麼這麼緊啊？妳要不要緊啊？到底發生什麼事啦？

白若唯：（吸氣）嗯…你的茶眞的好香喔。

Wasir：對啊，我也好香喔！（用力捏了白若唯肩膀一下）妳到底要去哪裡？

白若唯：（又喝了一口）我要去倫敦。

Wasir：倫敦？跟誰？（倒在白若唯面前，抓緊她的大腿）

白若唯：我自己一個人去不行嗎？（停頓）天啊！我剛剛居然說謊騙了境澤！我眞的是…Wasir，我不知道該怎麼辦—

Wasir：小唯，我已經講過很多遍了，這個世界上只有兩種問題，一種是妳自己的問題，所以別人管不著；一種是別人的問題，所以妳管不著。（停頓）妳眞的太在意別人的看法了。

白若唯：爲什麼你不在意？

Wasir：我當然在意啊，我在意妳的，我在意 Peter 的。（停頓）嗯，沒了。

白若唯：我眞的沒有辦法想像，當初 Peter 走的以後，你是怎麼熬過來的？（停頓）你難道從來沒有懷疑過嗎？

Wasir：我當然有懷疑過啊。每次我跟 Peter 吵架的時候，我都問自己說：我爲什麼會跟這個人在一起？他眞的愛我嗎？可是有一天我想通了。他當然愛我，因爲他受得了我耶。我耶。我看全世界大概也只有他吧。

（長沈默）

（白若唯從包包裡頭拿出一疊信給 Wasir，Wasir 接過信，看了裡面的內容）

Wasir：Charles？是那個 Charles？妳什麼時候收到的？

白若唯：今天早上。（停頓）太遲了，對吧。拜託你告訴我這一切都太遲了，拜託！想辦法讓我放棄好嗎？

Wasir ：小唯，我看過妳這種眼神，一種失去過很重要的東西的眼神─

白若唯：都已經這麼久了─

Wasir ：可是如果那個東西還有機會再找到的話，妳爲什麼不去試試
看？

白若唯：如果他不在倫敦了呢？如果他已經結婚了呢？

Wasir ：如果他剛好在倫敦呢？如果他正好準備要離婚呢？（停頓）
妳能不能爲自己做點什麼？

（白若唯緊緊擁抱 Wasir，拿起包包，邊離場邊回頭說）

白若唯：你生氣的時候好 man 喔。喔對了，如果你下次還有去不丹的話，
記得幫我多帶兩壺清新紓解茶給我！它的療效眞的很驚人，就
跟你一樣。我愛你。Bye-bye。

Wasir ：（看著白若唯下場的方向）喔，其實這只是樓下阿嬤給我的青
草茶。

（Wasir 下場，內褲男將自己包裝成一個禮物，走出場，要求
湯境澤拆封）

內褲男：（吸大麻）請拆我。（短停頓）怎麼啦，婚沒有結成，不是應
該更開心嗎？

湯境澤：你不要亂講。

內褲男：開玩笑的，來，試試看這個。（將大麻遞給湯境澤）

湯境澤：什麼東西？

內褲男：少來了，你不知道這個？

湯境澤：你在幹嘛？這個是違法的！我今天晚上找你只是想要─

內褲男：放鬆一下，這我知道。（拿出大麻，邀湯境澤吸）來，吸一口，
一口就好。

湯境澤：丢掉。

內褲男：來，哈一口嘛！（按摩湯境澤的肩膀）你的壓力真的太大了。
這會讓你好過一點。吸一口，一口就好。吸進去，吸到肺的時
候要憋著，憋越久會越爽。我知道，你只是想要找個人陪，我
在這。

湯境澤：對不起，我想要一個人安靜一下。

內褲男：（停頓）你放心，我什麼話都不會說的，我很有職業道德。我
認識很多政府官員還有企業老闆。（停頓）況且，我最愛你們
這些專搞男人的異性戀了。

（湯境澤吸了一口，內褲男作勢帶領他進房）

湯境澤：你可以抱我嗎？

（停頓）

內褲男：當然，你要我做什麼都可以—

湯境澤：只要抱著我就好。

（內褲男輕輕摟住湯境澤，像在哄小孩一般輕輕晃著他，長沈
默）

廖得凱和其他警察（場外）：警察！臨檢！

（廖得凱和其他警察以及雷奕梵衝進 Motel 房間，內褲男急忙
衝進浴室，其他警察隨後追上）

廖得凱：我們接獲線報這裡有藏匿毒品，統統不准動！你們現在通通
是嫌疑人，通通不許動！

（廖得凱和雷奕梵認出面前的人是湯境澤。場外傳來浴室裡搜查內褲男的爭吵聲音。）

湯境澤：好了，不要拍了。不要拍了！

警　察：學長，找到這個了。

廖得凱：先下去吧。*（短沉默）*湯議員？不好意思，你現在是持有及吸食毒品的嫌疑人，要麻煩你跟我們回局裡一趟。

雷奕梵：*（對廖得凱）*等一下…可不可以就算了……

廖得凱：小梵，這可能有點困難—

雷奕梵：好，那你給我幾分鐘的時間就好。

廖得凱：妳知道我們都按照程序來—

雷奕梵：拜託你，我從來沒有求過你。

（停頓）

廖得凱：妳這樣是妨礙公務—

雷奕梵：我可以陪你吃飯，做什麼都可以。

廖得凱：三分鐘。

（廖得凱走出房門）

雷奕梵：*（看著湯境澤）*境澤。

湯境澤：*（低頭，不敢看奕梵）*讓他們帶我走。現在就帶我走。

（雷奕梵站在原地，想要伸手觸摸湯境澤的臉，但是又縮回，不知如何是好）

雷奕梵：爲什麼？

R e t u r n

湯境澤：我不知道。

（雷奕梵拿了湯境澤的衣服，想幫他套在肩膀上。）

湯境澤：我現在真的沒有辦法跟妳說話。拜託。我不想看到妳。
雷奕梵：（小聲）我只問你一件事情就好。（停頓）你，一直都知道嗎？

（湯境澤沒有回應，廖得凱再度走進）

廖得凱：小梵，時間差不多囉。（對湯境澤）湯議員，這邊請。

（推著湯境澤離場）

湯境澤：（轉頭看雷奕梵）幫我。奕梵，幫我。

（警車鳴笛聲揚長而去，只留下雷奕梵一人站在原地）

雷奕梵：那是我第一次看境澤哭。我曾經以為，他不會哭，因為他一直都很勇敢，很沉穩，好像任何事情，到他手上就可以迎刃而解。那一天晚上，他像一個小孩一樣發抖地哭著，我第一個反應竟然是害怕，因為我不習慣他這樣的反應，然後我才發現，做為他的好朋友，我一點都不了解他。

96

97

說謊　Lying

面對

Encounter

8

（雷奕梵進行上面獨白時，場景同時轉換成白襄蘭的家，雷奕梵獨白講完，人已走進白襄蘭家中。）

白襄蘭：（抽煙）有事嗎？

雷奕梵：妳好，我想請問—（停頓）妳長得好像我認識的一個人？喔，我一定是認錯了。抱歉。

白襄蘭：我是白襄蘭。

雷奕梵：她已經過世了。

白襄蘭：她？我。

雷奕梵：謝謝。

（雷奕梵轉身欲離開）

白襄蘭：等一下。妳看起來很面熟。妳是不是叫…什麼梵？

雷奕梵：對，我是雷奕梵。

白襄蘭：（短沈默）妳很特別。

雷奕梵：啊？

白襄蘭：（微笑）妳已經知道我死了，可是妳現在看到我，妳不覺得我是鬼。

雷奕梵：我不相信有鬼。

白襄蘭：喔，妳跟我從前一樣，什麼都不相信。（停頓）可是如果當妳有機會看著自己的骨灰罈的時候，恐怕妳想不相信也很難。

（雷奕梵看見桌上的骨灰罈，吃驚逃離）

白襄蘭：妳不是說妳不怕嗎？

雷奕梵：（倒抽一口氣）可是這怎麼可能？

白襄蘭：妳太緊繃了，來，我解釋給妳聽。（白襄蘭請菸，雷奕梵遲疑）不用怕。

（雷奕梵接過茲）

白襄蘭：這世界上沒有什麼不可能的事情，這是我從西藏一個古董店
　　　　的商人身上學來的。

雷奕梵：所以妳之前過世的新聞是假的？為什麼妳要這麼做？那妳接
　　　　下來的計畫是什麼？妳到底打算怎麼辦？

白襄蘭：妳今天來到底有什麼事？

雷奕梵：喔！請問，白若唯小姐在嗎？

白襄蘭：妳是小唯的朋友？

雷奕梵：不算是，我是她未婚夫的朋友。

白襄蘭：（轉身）妳是湯境澤的—

雷奕梵：喔，請不要誤會。我們只是高中同學。

白襄蘭：（小聲）嗯，可惜了。

雷奕梵：什麼意思？

白襄蘭：小唯現在在倫敦處理一件很重要的事情。如果妳有事的話，
　　　　我可以幫忙。

雷奕梵：不用了，謝謝，我想這件事情只有若唯幫得上忙。

（短沈默）

白襄蘭：奕梵，雖然我不知道這是什麼事情，但是它的重要性是什麼？

雷奕梵：我跟境澤是很好的朋友。

白襄蘭：妳做這件事情的目的是什麼？

雷奕梵：沒有目的，他現在遇到麻煩，我想要幫他，就這樣。

白襄蘭：奕梵，我們每一個人在這個世界上做的每件事情，都有目的—

雷奕梵：不是每個人都跟妳們一樣，做任何事情都有目的—

白襄蘭：是嗎？那妳今天來找小唯又是為了什麼？

雷奕梵：我只是想要幫境澤解決他的問題。

白襄蘭：湯境澤到底怎麼了？

雷奕梵：那是我跟他之間的事。

白襄蘭：妳是為了他，還是為了妳自己？

雷奕梵：我單純只是想幫他一個忙。

白襄蘭：沒關係，無論妳是想要幫一個人，還是希望人家喜歡妳，背後一定有目的。唯有妳願意正視自己的欲望，這些問題才有可能被解決。

雷奕梵：所以妳有正視自己的欲望嗎？

白襄蘭：當然。

雷奕梵：真的啊？那些媒體報導說，妳跟妳的女兒之間的關係、妳跟妳祕書之間的關係，你們的問題都已經解決了嗎？

白襄蘭：出去。

雷奕梵：妳真的覺得正視自己的欲望有這麼簡單嗎？

（雷奕梵原本準備離開，但隨後轉身）

雷奕梵：對不起，我不知道我自己在說什麼。抱歉—

白襄蘭：等一下。（停頓）往往問題的關鍵，都在我們自己身上，對不對？

雷奕梵：也許吧。

白襄蘭：妳願意告訴我關於妳的那一部份嗎？

Return

105

面對　Encounter

告白

Confession

9

R e t u r n

（場景為十多年前的中壢火車站，*16*歲時的湯境澤快步跑上場，一名身著時髦的男子*Willy*跟隨在後。）

Willy ：跑那麼快幹嘛？

湯境澤：喔，沒有啦，我要跟我同學拿一個東西。

Willy ：他到了嗎？

湯境澤：還沒，我要買月台票進去跟她拿，然後她就要回台北了。

Willy ：特地下車拿東西給你（停頓）喔，她是不是喜歡你啊？

湯境澤：不要亂講，她是我最好的朋友。

Willy ：最好的朋友是男生還是女生？

湯境澤：女生啦！

（停頓）

Willy ：（若有所思）嗯，你知不知道今天是什麼日子？

湯境澤：（害羞）大年初五阿！

Willy ：好像也是情人節。

湯境澤：情人節快樂。

（停頓）

Willy ：（把身上的腰包拿下來）情人節快樂！上次我們逛街的時候，你看到這個說很喜歡。送給你。

湯境澤：不行啦，這是你的耶。

Willy ：我有在賺錢，你還在讀書。

湯境澤：不好啦！而且我又沒有準備禮物送你。

Willy ：真的不要？那我就丟掉囉。

湯境澤：欸！好啦！

Willy　：**轉過去。**（幫湯境澤戴上腰包）

湯境澤：**謝謝…好看嗎？**

Willy　：**很好看！很配你的制服。**

（16歲的雷奕梵出現，手上抱著一個很大的袋子。）

雷奕梵：**小澤！**

湯境澤：**雷小梵！妳怎麼跑下來了，不是說我去月台跟妳拿就好了嗎？**

雷奕梵：**喔！沒關係啦！**

湯境澤：（端詳雷奕梵）**哇，妳今天有特別打扮喔！**

雷奕梵：**對啊。**

湯境澤：**很好看。**

雷奕梵：**是喔！謝謝。那你等一下要幹嘛？**

（湯境澤回頭看Willy ）

雷奕梵：**喔，這是你叔叔喔？**

湯境澤：**啊？什麼啦，不是，他是我朋友。過完年上台北就…順便來找他玩。**

Willy　：（走近雷奕梵）**你好，我是境澤的朋友，我叫做Willy。**

湯境澤：（有點尷尬）**Willy，這是我朋友奕梵，這是Willy。**

雷奕梵：**你們，有計畫了嗎？**

Willy　：**沒有，我們剛約見面，也還不知道要幹嘛，妳要不要一起來玩？**

（湯境澤有點不理解地看著Willy）

湯境澤：**妳不是要趕回家？**

雷奕梵：**喔，我還好啊！我有跟我媽媽說我會晚一點回家。你們現在要去哪？**

湯境澤：（有點不想回答）我不知道耶，看 Willy。

Willy ：我都可以啊，看你們想幹嘛。

雷奕梵：（將湯境澤拉到一邊小聲問）還是等一下我們去看電影？好嘛？就我們兩個人去。

湯境澤：（看 Willy）我可能要看 Willy 要去哪裡？

　　　　（長停頓）

雷奕梵：那，沒關係。我先走囉！Bye-Bye！

湯境澤：等一下！妳不是說有東西要拿給我？

雷奕梵：喔！對耶！白癡耶，哈哈哈…情人節快樂。（遞上禮物）Bye-Bye。

湯境澤：幹嘛這麼急？這什麼啊？好大喔，軟軟的！

雷奕梵：沒有啦，我本來要買給我自己的，然後剛好兩個一組有特價，所以就想說就送你一個。那我先走囉。開學見！

湯境澤：雷奕梵！開學見！情人節快樂！（停頓，作勢擁抱，當雷奕梵跑向湯境澤時，湯境澤卻又躲開，讓雷奕梵跌倒在地。）幹嘛？生氣了喔！不要生氣啦！好好好—情人節快樂！（擁抱雷奕梵。）

雷奕梵：啊，我想起來我卡片漏寫了一些東西，等我一下喔。

　　　　（雷奕梵把卡片從袋子拿出，找個地方趴下就寫了起來。）

湯境澤：（企圖安撫 Willy）她就是這樣，非常隨性，超好笑的。（對雷奕梵）妳幹嘛這麼大費周章，直接講不就好了？

雷奕梵：喔！沒關係啦。

湯境澤：妳在寫什麼—

雷奕梵：欸！不要偷看！

　　　　（雷奕梵把卡片寫好，放回袋子。）

雷奕梵：現在不可以看喔，要回到家才可以看。

湯境澤：好啦！好啦！

雷奕梵：答應我！

湯境澤：好，我答應妳。走啦，我送妳去坐車？

雷奕梵：嗯，走。

湯境澤：（對 Willy）幫我拿一下。（將雷奕梵送的袋子交給 Willy。）

雷奕梵：要回家才能看喔！

湯境澤：好啦！好啦！走—

（湯境澤和雷奕梵下場，Willy 看他們走遠，從袋子取出雷奕梵的卡片偷看，讀完卡片內容後，臉色大變，正當他要把卡片放回時，湯境澤已經回來並且看到他偷看卡片的舉動。）

湯境澤：你爲什麼可以偷看我的東西？

Willy　：對不起，我剛剛…

湯境澤：我答應她，我回家才會看。

Willy　：你要不要現在先看一下？

湯境澤：我說過我答應她，我回家才會看。

Willy　：我覺得你現在看會比較好。

（湯境澤打開卡片閱讀，雷奕梵再度上場，但是是以湯境澤的心理畫面出現場上。）

雷奕梵：哈囉！小澤，今天是情人節，情人節快樂。我一直都不知道你是喜歡男生還是女生，因爲你從來都沒有說過。我喜歡你很久了。你是一個這麼有才華，前途這麼美好的人。（停頓）你可不可以不要喜歡男生？（短沈默）你有沒有可能喜歡我？（短停頓）可不可以？拜託？

（雷奕梵離場。）

Willy ：我想，你要不要趕快去搭那一班北上的火車。我覺得她寫得
很對，你們都還是學生，我只是一個工人而已。

湯境澤：你想太多了，我不在意這個。

Willy ：她看起來又這麼喜歡你—

湯境澤：那我們算什麼？

Willy ：我覺得你跟女生在一起對你比較好。

湯境澤：你們到底把我當成什麼？！

（*Willy* 沈默）

Willy ：我去幫你買車票。

湯境澤：我不要走。

Willy ：（*停頓*）搞不好，你根本就，不是。

（*Willy* 沮喪地離場）

（*湯境澤獨留場上，隨即從袋子裡將禮物拿出拆開，發現是個
很大的愛心抱枕，上面寫著 I Love You。*）

（*場景隨即轉換回到白襄蘭家，白襄蘭這時手裡拿著門把。*）

白襄蘭：如果可以再來一次，這次妳會怎麼做？

雷奕梵：我不回答假設性的問題。（*短停頓*）謝謝妳的菸，我得繼續想
辦法。（*轉身離開*）

白襄蘭：當如果不再是如果，妳的選擇會不一樣嗎？

（雷奕棼轉身，白襄蘭拿出門把）

白襄蘭：生命中的缺憾，會引領妳到妳該去的地方。

雷奕棼：對不起，我不知道妳到底想要說什麼？（*接過門把*）

西藏古董店

Tibetan Antique Shop

10

*（場景轉換至西藏一家古董店門口，白襄蘭在場上，藍天白雲，
幾位藏族喇嘛來來往往。趙德印上場，走到白襄蘭身邊。）*

趙德印：蘭姐，往大昭寺的車子馬上就來了，妳先坐著歇一會兒。

白襄蘭：德印，我今天不想去大昭寺。

趙德印：但是我們已經跟寺裡的師父約好了—

白襄蘭：可是我今天很不舒服。

（停頓）

趙德印：那…就先坐著休息一下，喝杯水。今天天氣眞好，我們就不去
　　　　寺裡。等會兒車子一來，我們坐車到處看看，轉換一下心情。

白襄蘭：哪裡都好，只要不是去大昭寺。

趙德印：*（對古董店老闆）*喂，老闆，這附近有哪個地方是值得去看看
　　　　的嗎？

老　闆：有啊，大昭寺！

（白襄蘭被水嗆著。）

趙德印：蘭姐，小心，別嗆著了。老闆，那除了大昭寺以外呢？

老　闆：大昭寺以外？*（短停頓）*就是我們這兒啦。

趙德印：你們這裡？

老　闆：要不，進來看看？

趙德印：*（見白襄蘭點菸）*蘭姐，別抽了，對身體眞的不好。*（停頓）*
　　　　還有時間，要不要進去看看？

老　闆：讓我爲兩位介紹一下。*（拿出一個燭台）*這個是明朝景泰年間
　　　　的佛龕燭台，您看這上面的琺瑯釉，紋路刻劃分明，條理有
　　　　致。*（另外又拿出一個瓷器）*這個是清朝乾隆江西景德鎮的瓷
　　　　器，還有—

西藏古董店　Tibetan Antique Shop

（白襄蘭意興闌珊地離開。）

趙德印：蘭姐，不喜歡啊？

白襄蘭：（搖頭）都是一堆破銅爛鐵，有什麼好看的？

趙德印：蘭姐心情不好，是不是還在想小唯的事？

白襄蘭：（沈默）德印，你老實告訴我，當初我把小唯從倫敦帶回來，是不是錯的？

趙德印：蘭姐，我們不是神，我想只有神才有辦法評斷人世間的對與錯。

白襄蘭：什麼神，我才不信神！

（幾位喇嘛正好從白襄蘭身旁走過，對她點頭致意，表情神秘。）

老　闆：不好意思，請問兩位是第一次來拉薩嗎？

趙德印：是，已經來一陣子了，都在大昭寺裡誦經吃齋，調養生息。

白襄蘭：（淡淡地）慢慢等死。

趙德印：蘭姐—

老　闆：如果兩位不嫌棄的話，我這邊還有一些破銅爛鐵，看一看怎麼樣—

白襄蘭：不用了—

（白襄蘭不小心打翻老闆手中的盒子，盒子內的東西散落地上，白襄蘭發現自己手上有一個精緻的門把，正要仔細看，就被老闆拿走擦拭。）

白襄蘭：（指著老闆手中的門把）老闆，我可以看你手上那個嗎？

老　闆：嗯？這個嗎？（亮出門把）

白襄蘭：嗯，這個。

老　闆：這個我們不賣—

白襄蘭：（微怒）你說什麼？

老　闆：不賣。

趙德印：（緊接）老闆，借看一下總無妨吧？

老　闆：當然行，沒問題。

白襄蘭：不能賣的東西有什麼好看的？（對老闆）為什麼不能賣？

老　闆：這位女士。這個門把，恐怕不是每一個人都買得起。

白襄蘭：要什麼樣的人才買得起？德印，你跟他說—

趙德印：老闆，看來你很珍惜這個門把，想必它一定很珍貴。不如這
　　　　樣吧，你開個價，錢不是問題。

老　闆：錢當然不是問題。這個門把曾經改變過很多人的命運，不過，
　　　　它也造成許多令人難以彌補的遺憾。（停頓）這位女士，在您
　　　　的生命中，有什麼難以彌補的缺憾嗎？

（長停頓）

白襄蘭：德印，我們走。

老　闆：沒有遺憾啊？那很好啊。

趙德印：蘭姐，生意人說的話，不要太在意。這樣吧，我們還是到寺
　　　　裡面去跟師父打聲招呼吧。我去看看車子來了沒。

（趙德印離場，白襄蘭躊躇片刻，走向老闆。）

白襄蘭：老闆—

老　闆：咦？還在呀？對不起，我們收了。

白襄蘭：我該怎麼做？

老　闆：（微笑，拿著門把走向白襄蘭）
　　　　生命中的缺憾，會引領妳到妳該去的地方。

　　　　（西藏邊疆音樂進，兔子再度出現，場上的時光門也出現，白
　　　　襄蘭驚疑片刻後，緩緩走進門內。）

123

11

（場景轉換到八零年代某區間車的車廂內，十六歲的湯境澤，
頭髮雜亂，車廂內還有其他乘客，包括黑道大哥和他的女人，
Lilly。三十歲的雷奕梵走向湯。）

雷奕梵：哈囉。你那個袋子裡面裝的是什麼？好像很漂亮。是人家送
給你的禮物嗎？

湯境澤：對不起，我媽媽說我不應該跟陌生的阿姨說話。

雷奕梵：（反應超大）阿姨？！

湯境澤：（反應很快）姊姊！

（雷奕梵下意識地整理起自己的頭髮。）

湯境澤：妳長得好像我一個朋友。

雷奕梵：真的嗎？

湯境澤：嗯，摸頭髮的動作。

（停頓）

雷奕梵：我們來玩一個遊戲好不好，境澤？

湯境澤：妳怎麼知道我叫什麼名字？

雷奕梵：呃…因為我剛才有聽到別人這樣叫你。

湯境澤：剛才明明沒有…

雷奕梵：（硬掰）我來這裡是有原因的，我是你的守護天使！

黑道大哥：守護天使？（台語）我還觀世音哩！

雷奕梵：閉嘴啦。

（此時，車廂門開，其他旅客匆忙下車。）

黑道大哥：（台語）妳剛剛說啥？妳知道我老大是誰？海線最大尾！

雷奕梵：誰啊？沒聽過。

黑道大哥：（台語）妳說啥？死破麻。

湯境澤：（對黑道）有！我有聽過，很有名。對不起！對不起—

黑道大哥：（台語）會怕？會怕就好。

雷奕梵：你兜什麼兜啊？

黑道：（台語）兜，妳知道什麼是兜？Lilly，兜給她看。

Lilly：（露胸）看！

（湯境澤把雷奕梵帶開。）

湯境澤：妳到底是誰？妳來這裡做什麼？

雷奕梵：（小聲）因為我聽到了你的呼喊，所以我就出現在這裡，我想
　　　　幫助你。

湯境澤：我沒有呼喊任何人。

雷奕梵：這就是你的問題，你從來不呼喊任何人，從來不求救。

湯境澤：自己可以解決的事情，為什要麻煩別人？

雷奕梵：如果有你自己不能解決的事情呢？

湯境澤：沒有什麼是我自己不能夠解決的。

雷奕梵：你怎麼還是這麼逞強，一點都沒有變。

湯境澤：什麼？

黑道大哥：（台語）啊妳現在幹什麼？人家弟弟不理妳，妳在那邊話什
　　　　麼唬爛？

（緊急煞車聲，區間車停站，車門開。）

（湯境澤趁機想要先下車，但被雷奕梵攔阻。）

129

雷奕梵：你是不是比較喜歡男生？

黑道大哥：（台語）吼！你喜歡男生喔？那你不就是賣屁股的？

Lilly：（台語）那不就有愛滋？

黑道大哥：（台語）什麼是愛滋？

Lilly：（台語）被他傳染，你的懶趴會爛去。快來走。

（兩人快速跑下車。）

湯境澤：我要走了。

雷奕梵：（強拉湯境澤的書包）對不起，我知道我一定傷害到你了。

湯境澤：我真的要走了。

雷奕梵：你聽我說，我有一個很好很好的朋友，男生朋友，他就是喜
歡男生。

湯境澤：那很好，但是我沒有說我喜歡—

雷奕梵：我沒有說你喜歡—

（兩人拉扯過程中，湯境澤書包內的東西散落滿地。）

湯境澤：妳幹嘛啦！

雷奕梵：對不起！你聽我說，你現在生長的年代，比我來的那一個世
界還要⋯單純一點，我們面對未知或不熟悉的東西，都會需要
時間調適—

（正當湯境澤撿完東西起身要下車時，車門剛好關上，列車再
度行進。）

湯境澤：（瞪著雷奕梵）妳是輔導老師嗎？還是誰有告訴過妳什麼？我
告訴妳，我什麼都沒有做。不是我的錯，我很正常，女生都很

喜歡我，可以嗎？！

（長沈默）

雷奕梵：我高一的時候班上有個人。他很溫柔，對人很有禮貌，功課
　　　　非常好，我很喜歡他。

湯境澤：他是男生還是女生？

雷奕梵：不重要。不管他是男生，還是女生，我就是愛他。每一次學
　　　　校有什麼活動時，我就會想盡辦法參加，因為這樣就可以跟他
　　　　一起工作，有機會和他相處。我小時候很像男生，不喜歡穿裙
　　　　子，然後，胸部又很小，常常被笑是男人婆。

（緊急煞車，兩人跟蹌，湯境澤扶住雷奕梵。）

湯境澤：對不起。

雷奕梵：當時有一群男生很喜歡鬧我，總愛從背後用力推我，還掀我
　　　　裙子，然後跟我說，反正又沒差，他們有的我也有。我常常一
　　　　個人躲到樹下哭，然後跟自己說，反正高中三年而已，熬過去
　　　　就是我的了。（停頓）有一天放學，他突然走到我身邊跟我說：
　　　　「妳一點都不像男人婆，別人看到的並不是真正的妳—

湯境澤：「別人看到的並不是真正的妳，妳不需要變成人家所期待的
　　　　樣子，真正的妳，很美。」

雷奕梵：你知道嗎，不管你喜歡的是男生還是女生，我喜歡的，就是
　　　　那個原來的你。

（煞車聲，兩人跟蹌，雷奕梵緊握住湯境澤的手。）

（車廂門開。）

雷奕梵：你不下車嗎？

（湯境澤搖頭，門再度關上）

（雷奕梵從包包裡拿出 iPod）

雷奕梵：送給你。
湯境澤：這是什麼？
雷奕梵：iPod。
湯境澤：什麼是 iPod？
雷奕梵：聽聽看？

（雷奕梵將耳機的一端給湯境澤，然後兩人一起靜靜地聽著耳機裡傳來的《Absolutely Zero》一曲，享受生命中難得的短暫寧靜。）

Return

救贖　Redeem

12

Return

（簡嫚菁獨自在舞台上，神情憂鬱，手裡提著一袋糕點。）

簡嫚菁：他看我的眼神不一樣了。Charles，我說的是 Charles。女人的
直覺。從我們決定要結婚的那一天開始，我覺得他就變得有
點…魂不守舍…我不知道，可能是我多想了，婚前焦慮症吧？
（停頓）我對每一段感情都是全力以赴。我可以爲他改變所有
我原本的生活習慣，我甚至可以爲他改變我的信仰，因爲我相
信，我們即將共同經營的那個未來，一定是最好的。我沒有辦
法想像如果他離開我，我要怎麼辦。（停頓）我愛 Charles，
我必須要相信他。（停頓）當然，我當然相信 Charles。（興
奮地）喔，對了，昨天晚上，我接到一通電話。

138

（白襄蘭和趙德印分別出現場上。）

白襄蘭：（講手機）我知道開店前期資金一定很缺乏，我想要贊助你們。
簡嫚菁：（講電話）眞的嗎？請問您是怎麼知道我們店的訊息—
白襄蘭：請你們店長接電話。
簡嫚菁：對不起，他剛去市場買食材了，可以方便留下您的連絡方式
嗎？
白襄蘭：記下這個航班的資料：BR0067，從台北飛往倫敦。我想先到
你們店裡看一下。請你們店長親自到機場來接我。
簡嫚菁：好。
白襄蘭：請他務必準時。
簡嫚菁：請問一下小姐您怎麼稱呼？
白襄蘭：（短停頓）我是白若唯。

（白襄蘭對身旁趙德印點頭示意後，兩人下場。）

簡嫚菁：我原本不相信的，但是今天早上真的有一筆錢匯到咖啡店的戶頭。我還沒有告訴 Charles。我想要給他一個驚喜，他如果知道這件事情，一定會超級超級高興的。

（場景轉換為倫敦希斯洛機場的出境廳，旅客陸續出境。）

（簡嫚菁手上拿著一張寫著「歡迎白若唯女士光臨倫敦」的海報，四處找尋。）

（白若唯匆忙提著行李快跑出海關，趙德印緊跟在她後頭。）

趙德印：（大叫）小唯—小唯—妳給我站住！
白若唯：（停下腳步，假裝驚訝）趙叔？您怎麼會在這裡？
趙德印：我來倫敦幫妳母親處理一些事情。
白若唯：我不知道我媽在倫敦還有事情…
趙德印：她在遺書裡面有交待，說在倫敦投資了一家新的店面，要我過來幫她看看。
白若唯：（停頓）趙叔，不好意思，我可不可以麻煩您不要跟境澤說我來倫敦的事情。
趙德印：我什麼都不會說。

（簡嫚菁走近白趙二人。）

簡嫚菁：請問一下，妳是白若唯小姐嗎？
白若唯：是…我是…
簡嫚菁：喔！我剛剛找您找好久！不好意思讓您久等了！謝謝您投資我們的店，真的非常謝謝。

139

趙德印：（將簡嫚菁拉到旁邊）不是交代說，要妳們店長親自來迎接嗎？

簡嫚菁：對不起，因為我們的店今天剛開張，店長真的很忙。對於不能親自到場迎接白小姐他也感到非常抱歉。（對白若唯）白小姐，您看起來好年輕！我本來以為—

白若唯：謝謝—

簡嫚菁：我今天特別帶了我們店裡的招牌來給妳吃吃看，您吃了之後一定不會後悔投資我們的店。酸酸甜甜很好吃，吃過的人都說好吃—

趙德印：小唯，妳母親要投資的就是這家店，妳就幫她試吃一下。

（趙德印至一旁撥電話。簡嫚菁拿出 Cherry's Tear，慫恿白若唯試吃。白若唯最後勉強吃了一口。）

簡嫚菁：怎麼樣？

白若唯：這個蛋糕叫做？

簡嫚菁：Cherry's Tear，櫻桃眼淚。

白若唯：你們店長叫什麼名字？

簡嫚菁：蒲琮文。

白若唯：有英文名字嗎？

簡嫚菁：Charles。

白若唯：他現在人在哪裡？

簡嫚菁：他在店裡。（停頓）白小姐您怎麼了，是不是我們的蛋糕不合您的口味？

趙德印：小唯，去這家店看看吧。（將地址交給白若唯。）

（短沈默）

白若唯：趙叔…謝謝…謝謝！

（白若唯拉著行李匆忙離開。）

簡嬡菁：等一下，白小姐，我可以帶您去啊—

（簡嬡菁跟隨白若唯下場。）

重逢

Reunion

13

Return

（場景為蒲琮文新開幕的 Café，店內外客人絡繹不絕，一位英
國佬正在和另一位金髮碧眼的美國妞 Chelsea 聊天。白若唯來
到店門外，看見正從店裡走出門外招呼客人的蒲琮文。隨後蒲
琮文轉身，驚訝地發現白若唯。）

白若唯：Charles？
蒲琮文：Wei？
白若唯：好久不見。
蒲琮文：妳怎麼會在這裡？
白若唯：It's very... complicated.

（長沈默。）

蒲琮文：妳，好嗎？
白若唯：我很好，你呢？
蒲琮文：還 ok。（停頓）妳知道我有寫信給妳嗎？
白若唯：嗯。我一收到信，馬上就趕過來了。
蒲琮文：什麼意思？
白若唯：我媽昨天才把信拿給我。

（停頓）

蒲琮文：我一直想要去找妳。可是我連妳的中文名字都不知道。
白若唯：我也是。我寫信到舞團，請他們幫忙我找你。可是他們說你
　　　　已經不做了。
蒲琮文：妳被帶走之後，我就辭職了。我只想找一份可以賺多點錢的
　　　　工作好去找妳。
白若唯：那你怎麼沒有來？

蒲琮文：因為妳都沒有回信。

白若唯：我有，我有寫信到我們之前住的地方。

蒲琮文：我已經搬家了。

英國佬：Excuse me, we are ready to order. I would like to have two latte, two sandwiches. What do you want, Chelsea?

Chelsea：One espresso, please. You know, jetlag kills me.

英國佬：By the way, this is my friend, Chelsea.

Chelsea：（作勢將外套脫落在地）Hi, I'm Chelsea, from California.

英國佬：Chelsea, please, put it on. This is London, not America. Sorry. We are in a hurry, please.

（停頓）

白若唯：你覺得，如果我們認識的時候已經有 e-mail 了，會不會好一點？

蒲琮文：（笑）肯定會，肯定會。

白若唯：（伸手）白若唯。

蒲琮文：蒲琮文。

（白蒲兩人握手。此時，簡嫚菁跑回店裡。）

簡嫚菁：Charles！我回來了！

（簡嫚菁看著白蒲二人，神情有異。）

簡嫚菁：（對蒲琮文）你們真的認識喔？

白若唯：我們是很久很久⋯以前的朋友了。

蒲琮文：嗯，很久以前。（停頓）這位是簡嫚菁，這是－

簡嫚菁：我知道，白若唯小姐！

147

蒲琮文：妳們認識？

簡嫚菁：我剛剛送蛋糕給她。

蒲琮文：什麼意思？

簡嫚菁：我等一下再跟你解釋！不好意思，白小姐，我先進去看一下有沒有位子，可能要先請您坐在這裡等一下。

白若唯：喔！不用了，謝謝！ 我其實還有事—

簡嫚菁：老朋友見面一定要好好聊聊。（對蒲琮文）去招待一下白小姐，我進去準備咖啡。

蒲琮文：嫚菁，那張桌子的客人點了兩杯拿鐵。

（簡嫚菁下場。）

白若唯：（看著店裡的裝潢擺設）恭喜你。

蒲琮文：謝謝，這幾年…在忙什麼？

白若唯：你的普通話進步很多。

蒲琮文：是國語。我一直都在練習。希望哪一天再見到妳的時候，可以好好用國語跟妳說話。

（沈默）

白若唯：怎麼認識簡小姐的？

蒲琮文：在地鐵上，她一個人來倫敦找工作。

白若唯：很勇敢。

蒲琮文：跟妳一樣。

白若唯：我？讓我想一下。我十八歲的時候就只是一個拿家裡面的錢出來學芭蕾舞的千金小姐而已。

蒲琮文：可是這個千金小姐什麼都不要，只想要跟一個做外賣的小伙子在一起。

（沈默）

白若唯：我們那時候年紀真的好小。
蒲琮文：但是夢想好大。

（沈默，簡嫚菁上場，帶著外賣食物飲料給英國佬。）

英國佬：Finally. Takes forever. Come on! Chelsea, let's go! I'll show you around.

（英國佬和 Chelsea 離場）

簡嫚菁：白小姐，喝咖啡！（轉身給蒲琮文咖啡）你的。裡面人好多！快點進來幫我—

149

（簡嫚菁再度離場。）

白若唯：你一直都待在倫敦？
蒲琮文：我辭了麵包店的工作之後，就跑去 Heathrow 機場裡面的麵包店做櫃台小弟。
白若唯：你怎麼受得了在機場當櫃台小弟？
蒲琮文：因為我怕妳回來的時候找不到我。

（長沈默）

白若唯：你跨年嗎？
蒲琮文：什麼意思？

白若唯：意思就是說你會在每年的十二月三十一日，到某個地方去倒數計時嗎？（短停頓）我在臺灣一個最要好的朋友跟我說，看著暗沈沈的天空，就在那短短消逝的十秒鐘裡面，你腦袋裡面浮現的那張臉，就是你這輩子最愛的人。

（停頓）

蒲琮文：妳呢？妳跨年嗎？
白若唯：（搖頭）今年第一次。

（沈默）

蒲琮文：妳…有…另一半嗎？
白若唯：境澤，他叫湯境澤。我的未婚夫。

（停頓）

蒲琮文：他對妳好嗎？

（白若唯點頭，兩人沈默。）

蒲琮文：他知道妳來這裡嗎？

（白若唯搖搖頭，蒲琮文走向白若唯，她試圖逃避。）

白若唯：我該走了。

（白若唯拖著行李，準備離開。）

（簡嫚菁走出餐廳，目睹以下事件。）

蒲琮文：若唯！妳看到了誰？跨年的時候，妳看到了誰？

（沈默。）

白若唯：一直都是你。（停頓）從十數到一的每一秒鐘，一直都是你。

（白若唯離場。長沈默）

簡嫚菁：白小姐走啦？
蒲琮文：（點頭）嗯。
簡嫚菁：你怎麼都沒有跟我提過她，這樣子人家來多不好意思。

151

（蒲琮文沒有回應。）

簡嫚菁：Charles？Charles？

（蒲琮文作勢收拾桌上餐具，不語，燈光漸暗。）

－全劇終－

劇本集 03

Re/turn 重返 心 的縫隙

發 行 人	李維睦
總 策 劃	呂柏伸
作 者	蔡柏璋
執行編輯	李劭婕、黃心怡
美編設計	陳昭淵
演出主視覺形象設計	黃子源 @ *HEARTY*

出版 / 發行	台南人劇團
地 址	11255 台北市北投區開明街 71 號 201B
電 話	02-2892-4861
傳 眞	02-2892-6430
網 址	http:// www.tainanerensemble.org
電子郵件	tainaner@tainanerensemble.org

出版日期	2011 年 4 月初版
	2013 年 10 月二版一刷
	978-986-86250-2-0
定 價	NT$250 元

代理經銷	白象文化事業有限公司
地 址	402 台中市南區福新街 96 號
電 話	04-22652939
傳 眞	04-22651171

製版印刷	宣威印刷設計有限公司
聯絡電話	02-2221-0256

國家圖書館出版品預行編目資料

Re/turn ／蔡柏璋著.
　　-- 二版. -- 台南市：台南人劇團, 2013.10
　　　面；公分 --

ISBN 978-986-86250-2-0（平裝）

854.6　　　　　　　　　100005766

⇋